CW00642686

LE HAUT MAL

GEORGES SIMENON

Le Haut Mal

PRESSES DE LA CITÉ

1

Le gamin poussa la porte et annonça, en regardant la femme de ménage qui, les mains sanglantes, vidait les lapins :

— La vache est morte.

Son vif regard d'écureuil fouillait la cuisine, à la recherche d'un objet ou d'une idée, de quelque chose à faire, à dire ou à manger et il se balançait sur une jambe tandis que sa sœur, ronde et frisée comme une poupée, arrivait à son tour.

— Allez jouer, prononça Mme Pontreau avec impatience.

— La vache est morte !

— Je le sais.

— Vous ne pouvez pas le savoir, puisqu'elle vient de mourir.

Mme Pontreau se leva, bouscula le gamin.

— Toi aussi, va jouer, cria-t-elle à la petite fille.

Et elle referma la porte, tandis que, dehors, les gosses cherchaient une occupation.

Mme Pontreau n'avait pas menti. Elle savait que la vache était morte. Elle était au courant de tout ce qui se passait à la ferme. Par les fenêtres de la cuisine, on voyait un grand morceau de plaine avec, au premier plan, la meule qui enflait, la machine à battre, les charrettes, vingt hommes qui s'affairaient. A droite, on apercevait les étables et quand Jean Nalliers en était sorti, quelques instants auparavant, il n'y avait pas besoin de demander si la vache était morte.

Tout allait mal, depuis le matin, depuis la veille, depuis trois jours que l'on battait, depuis toujours.

— Je laisse les cœurs et les poumons ? demanda la femme de ménage.

— Je pense bien que vous les laissez ! C'est le meilleur !

La femme de ménage, Mme Naquet, tournait le dos. Elle grommela quelque chose entre ses dents.

— Répétez, fit Mme Pontreau, les sourcils froncés.

— Je n'ai pas besoin de répéter.

— Moi je vous demande ce que vous avez dit.

— Eh bien ! j'ai dit que ce n'est quand même pas vous qui mangerez les poumons et les cœurs.

— Heureusement que le battage sera fini ce soir et que je n'aurai plus besoin de vous !

— Je ne voudrais quand même pas être à votre service.

Elles se disputaient ainsi sans cesser leur travail. La femme de ménage dépouillait un troisième lapin dont elle mettait à nu la chair bleutée. Mme Pontreau, en tablier de cotonnette à petits carreaux, épluchait des haricots verts.

Au-delà des fenêtres, la chaleur était étouffante et l'air vibrait comme s'il eût été habité par des myriades de mouches et une vibration plus subtile, que l'œil parvenait à distinguer, montait de la terre couverte de chaume pâle.

Par-dessus tout régnait le ronronnement de la batteuse qui imprégnait le paysage entier, donnait aux gens et aux choses son rythme haletant au point que chacun restait en suspens quand elle s'arrêtait à cause d'une bougie encrassée.

La cuisine était baignée d'une ombre plus fraîche, sauf du côté du fourneau où deux femmes lavaient des verres et des assiettes.

— Tu crois qu'il y aura assez avec trois lapins, maman ? demanda la plus jeune qui plongeait ses bras nus et potelés dans l'eau grasse cependant que sa voisine essuyait la vaisselle.

Mme Pontreau ne répondit pas. Elle regardait dehors.

— Il boit encore, soupira-t-elle.

Parmi les vingt hommes qui grouillaient autour de la machine, elle en avait repéré un qui buvait du vin blanc à même le litre. Et c'était naturellement un des gars qu'on avait embauchés à La Pallice et qui avaient des têtes de bandits. Ils ne savaient même pas hisser un sac d'avoine sur leurs épaules. Ils réclamaient sans cesse du vin. Dès quatre heures, ils avaient les yeux bordés de rouge, le regard insolent, le sourire ironique.

— Ton mari a bien fait de prévenir la gendarmerie.

La jeune femme qui avait les bras dans l'eau grasse leva la tête, se tourna vers la fenêtre et aperçut Jean Nalliers qui gesticulait, au sommet de la meule.

— Je suis sûre qu'il va faire une crise... Pourvu que cela ne le prenne pas là-haut ! Il faudrait lui dire...

— Laisse-le tranquille.

Et les quatre femmes continuaient la série de leurs mouvements rituels. Il y avait vingt-cinq personnes à nourrir et c'était le soir même le dernier repas de la batterie. Une charrette passait, pleine de sacs de blé, frôlait la fenêtre avant d'entrer dans la cour. Les gosses, dehors, qui étaient les gosses d'un fermier voisin, s'étaient approchés de la machine et la petite fille se tenait prudemment derrière son frère.

— Il y aura de l'orage, soupira la femme à la vaisselle.

— Le blé sera rentré avant !

Et Mme Pontreau secouait son tablier, posait les haricots verts sous la pompe afin de les laver. Mais elle regardait toujours au-delà des fenêtres. Elle suivait les mouvements de chacun.

La veille, un ouvrier s'était cassé la jambe en tombant de la charrette et tout le monde avait perdu plus d'une heure. Les gars de La Pallice, de vrais vauriens, avaient été surpris dans le potager et on n'avait pas dormi de la nuit, car le chien aboyait et qu'on pouvait croire qu'on rôdait autour de la ferme.

Or, c'était la première fois qu'on faisait les battages à la Pré-aux-Bœufs. On avait loué la machine du fermier voisin qui était là avec ses deux gosses et qui prétendait commander.

Deux fois le moteur s'était calé. On avait fait venir un mécanicien de La Rochelle, tandis que les hommes se couchaient à l'ombre de la meule. C'était un jour de perdu ! Il faisait si chaud que, de onze heures du matin à quatre heures de l'après-midi, l'équipe refusait tout travail.

Jean Nalliers allait de l'un à l'autre, les traits tirés. Il ne s'était pas rasé. Il avait les yeux fatigués, l'air si malheureux que parfois il donnait l'impression d'être sur le point de pleurer. On le reconnaissait de loin. C'était le plus maigre, le plus petit. Il s'obstinait à porter des pantoufles de feutre qui le faisaient ressembler davantage à un convalescent qu'à un cultivateur qui bat sa récolte.

Et maintenant une vache était morte, parce que personne ne s'en était occupé !

— C'est ta faute, avait-il dit à sa femme.

— C'est la tienne.

Il n'était bien nulle part. Les ouvriers savaient mieux que lui ce qu'ils avaient à faire et ne l'écoutaient même pas. Il s'obstinait à les houspiller et tout le monde s'énervait.

— J'ai toujours dit que nous n'aurions pas dû prendre une ferme aussi importante pour commencer, soupirait sa femme.

— Tu ne sais pas ce que tu racontes, répliquait Mme Pontreau.

Et la femme de ménage continuait à parler toute seule en vidant ses lapins. Elle était courte et sale. C'était la femme la plus sale de Nieul, mais elle était la seule à faire des ménages et on l'avait engagée pour les trois jours.

Nalliers s'était approché d'un homme qui buvait et il dut lui faire des reproches. L'autre haussa les épaules et continua à boire tandis que tous les travailleurs s'arrêtaient pour contempler la scène.

— Je sens qu'il aura sa crise...

— Il n'a qu'à rester tranquille, prononça simplement sa sœur qui essuyait les assiettes.

12

Il était cinq heures. On pouvait calculer qu'il y avait encore pour deux heures de travail. Puis ce serait le dîner, vingt hommes mangeant et buvant, partant ivres vers minuit. Du moins, alors, la maison serait-elle enfin débarrassée !

Jean Nalliers et sa femme resteraient seuls. Mme Pontreau rentrerait chez elle, à Nieul, avec sa fille aînée.

Mme Pontreau, sous son tablier bien repassé, portait une robe de soie noire, une broche en or, et ses cheveux gris étaient divisés en deux bandeaux rigides.

On sentait qu'elle commandait, ici, chez sa fille et son gendre comme partout où elle allait. Elle n'élevait pas la voix. Elle ne faisait pas de bruit. Mais, froidement, elle prenait la direction d'une maison comme un officier prend la tête d'une compagnie.

— Pourquoi jetez-vous ce foie-là ?

— Il n'a pas l'air catholique.

— Ramassez-le et mettez-le avec les autres.

Nalliers, descendu de la meule, rôdait autour de la machine qui s'était arrêtée, faute d'essence. Il n'avait pas trente ans. Il était blond, d'un blond indécis, et bien qu'il vécût en plein air il avait la peau incolore des malades.

Il y avait un an qu'il avait épousé une fille Pontreau, Gilberte, et que son père lui avait acheté la Pré-aux-Bœufs, une propriété isolée, au bord de la mer, entre Esnandes et La Pallice.

Une première fois, il était tombé d'une charrette de paille. Quand il était revenu à lui, il avait essayé de faire croire que la chute l'avait étourdi. Mais, quand un dimanche, cela lui avait pris devant tout le monde, à table, on avait bien vu qu'il était épileptique.

Mme Pontreau n'avait rien dit. Elle aurait pu lui faire des reproches. Depuis lors, elle le regardait durement et c'est à peine si elle lui adressait la parole.

— Où sont les pommes de terre ? demanda-t-elle.

— Dans le placard.

Car elle ne restait jamais à rien faire. Elle s'assit près de la fenêtre, un bassin plein d'eau à sa droite, un panier de pommes de terre à sa gauche, et elle travaillait sans avoir besoin de regarder ses mains, ni le couteau qui faisait voleter les épluchures.

Sa fille aînée, Hermine, qui avait trente ans, lui ressemblait. Elle était grande comme elle, les traits durs, la chair compacte, le regard calme, tandis que Gilberte Nalliers, plus petite, était presque boulotte.

Gilberte avait pu épouser un Nalliers, devenir cultivatrice, se lever à quatre heures du matin pour traire vingt vaches. Mme Pontreau, elle, n'aurait pas pu, ni Hermine. Elles étaient d'une autre race.

14

On entendit des éclats de voix qui couvraient le bruit de la batteuse remise en marche. Gilberte s'approcha de la fenêtre et se trouva ainsi à côté de sa mère.

— Qu'est-il arrivé ?

Nalliers montrait le chemin du village à un des gars de La Pallice et celui-ci, les mains dans les poches, le narguait. Tous les autres les regardaient. On n'entendait pas les paroles. A son attitude, on devinait que Jean Nalliers était au comble de la colère. Il criait. Il s'obstinait à montrer le chemin à l'ouvrier et celui-ci tendait la main comme pour dire : « Payez-moi ! »

La femme de ménage avait vu, elle aussi, de son coin, et elle parlait à nouveau toute seule, sans souci d'être entendue ou non.

— Quelle boîte ! Si ce n'est pas malheureux !

— Je vous prie de vous taire, dit Mme Pontreau.

— Je me tairai si cela me plaît !

— Moi, je vous dis que vous vous tairez si cela me plaît !

C'était si catégorique qu'en effet Mme Naquet se tut, après un dernier grognement qui alla en faiblissant.

L'ouvrier, lui, ne s'était pas laissé impressionner par Nalliers. Il s'était assis sous le chêne, à droite, et il roulait une cigarette tandis que le fermier continuait à gesticuler.

— Qu'on le paie pour qu'il s'en aille ! soupira sa femme. Tant que ces gens-là seront ici, je ne serai pas tranquille.

— Ton mari a l'air d'une marionnette.

— Tais-toi, maman !

— Je te dis qu'il a l'air d'une marionnette. Tiens ! Le voilà maintenant qui s'en va. Au fond, il a très peur... Il n'a pas osé s'approcher de l'homme. Ils rient tous, derrière son dos...

C'était pitoyable. Dans le soleil pesant, Jean Nalliers, en pantoufles, les joues sales, le regard fuyant, se dirigeait vers les bâtiments de droite, tête basse, si flou qu'il semblait sans cesse sur le point de buter sur les cailloux. Le gars, lui, allumait sa cigarette et attirait vers lui un litre encore à moitié plein, lançait une plaisanterie à ses camarades qui reprenaient le travail au ralenti.

— Si les gendarmes pouvaient arriver... soupira Gilberte.

Les choses allaient de mal en pis. Encore un incident comme celui-ci et le travail ne serait même pas achevé pour la nuit. Les deux gosses, qui avaient assisté à la dispute, revenaient pour la raconter.

— Qu'est-ce qu'il a dit ? questionna Gilberte.

— Qu'il partira quand il sera payé.

Mme Pontreau posa sur la table son couteau à pommes de terre et, après avoir secoué son tablier, elle sortit de la maison par la porte de derrière.

Dans la cour, il y avait deux poules avec leurs poussins qui picoraient dans le fumier, un cheval attelé qui attendait qu'on eût déchargé les sacs de blé. Les deux hommes qui eussent dû se livrer à ce travail étaient assis dans l'ombre. Quand ils virent Mme Pontreau, ils se levèrent, mais lentement, sans émotion, et se dirigèrent vers la charrette.

Elle ne leur dit rien. Elle passa, franchit la barrière du potager où elle resta un bon moment immobile, comme si elle eût attendu quelque chose.

Elle avait remarqué que les jambes de son gendre, tandis qu'il s'éloignait, étaient molles. Elle avait perçu le frémissement de ses lèvres. Enfin elle était seule, de sa place, à l'avoir vu entrer dans l'écurie.

Avant tout, elle arracha quelques oignons qu'elle posa sur la margelle du puits, ainsi que du thym et de la ciboule. Elle n'était pas pressée. Elle tendait l'oreille. Des mouches bourdonnaient autour d'elle et elle ne songeait pas à les chasser.

On pouvait entrer dans l'écurie par une autre porte. Quand elle y pénétra, il n'y avait pas un bruit. Il faisait frais, presque obscur. Les chevaux étaient dehors, sauf la jument grise qui braqua sur elle son gros œil rond et tira un peu sur sa chaîne.

— Jean !... appela Mme Pontreau à mi-voix.

Pas de réponse. Le ronronnement de la batteuse n'arrivait qu'atténué. Un canard sortit d'une stalle en courant gauchement.

Tout au fond de l'écurie, il y avait une échelle qui conduisait à une trappe et, au-dessus de cette trappe, c'était un grenier à grains, le « vieux grenier », comme on disait, plein depuis la veille. La trappe était ouverte. Mme Pontreau l'atteignit et sa tête dépassa le niveau du plancher supérieur.

Le grain en vrac remplissait tout l'espace sur une hauteur de plus d'un mètre. A gauche une lucarne était ouverte à la hauteur du plancher.

— Jean !

Elle savait qu'il était là ! Elle savait tout ! Elle avait vu quelque chose de sombre, la jambe d'un pantalon, dans le blé, comme si le fermier, découragé, se fût étendu là pour pleurer, la tête entre les mains.

Mais la jambe ne bougeait pas et Mme Pontreau franchit les derniers échelons, se trouva dans le grenier, vit le corps tout entier, inerte.

Il y avait toujours la vibration monotone de la batteuse et le grincement d'un mécanisme, chaque fois qu'un sac était plein. Le grain, sous les pieds, fuyait comme de l'eau. Un

18

rayon de soleil franchissait la lucarne et atteignait la joue gauche de Nalliers.

Quand il avait sa crise, il était comme un mort et Mme Pontreau regardait autour d'elle, les sourcils froncés.

Sa fille avait dit tout à l'heure :

— Si sa crise le prenait sur la meule !

Il tomberait d'un seul coup, ainsi qu'il était déjà tombé d'une charrette. Or, ici, à deux mètres de lui, il y avait la lucarne ouverte, presque au ras du plancher.

Mme Pontreau s'approcha, souleva légèrement son gendre par les épaules, pour le soupeser. Puis elle enleva un morceau de bois qui barrait le passage.

Enfin, lentement, mais sans trop de peine, elle traîna le malade dans le grain qui s'écartait.

La lucarne donnait sur ce qu'on appelait la « cour aux cochons », une cour pavée, entourée de murs, où l'on remisait les outils.

Quand le corps fut près de la fenêtre, l'opération devint plus délicate. Il fallait le soulever tout entier et un instant Mme Pontreau eut l'air de serrer un monstrueux enfant dans ses bras.

Elle était calme. Elle n'oubliait aucun détail. Elle poussa le buste de Nalliers hors de la pièce, dans le vide, puis, après un dernier regard à la trappe et à la cour, elle donna une dernière secousse aux jambes.

Néanmoins, elle ne regarda pas. Cela ne fit pas beaucoup de bruit, et encore était-ce un bruit mou !

Avec un rien de hâte, elle remua le blé afin de faire disparaître la traînée, et enfin descendit, traversa l'écurie, se replongea dans le soleil du potager, parmi les mouches vertes qui étincelaient.

Elle n'avait pas un cheveu de dérangé, pas un faux pli à son tablier. Elle se secoua quand même, pour faire tomber les derniers grains de blé qui pourraient être restés dans les creux de sa robe.

Quand elle rentra dans la cuisine, elle avait ses oignons, le thym et la ciboule à la main.

— Je n'ai jamais vu un potager aussi mal tenu, dit-elle en posant le tout sur la table.

— Tu n'as pas rencontré Jean ? demanda Gilberte.

— Il n'était pas dans le potager.

Ce fut à son tour de s'étonner en n'apercevant pas la femme de ménage.

— Elle est partie ?

— Je suppose qu'elle est allée au fond du jardin.

C'était la phrase consacrée pour parler de la cabane plantée, non dans le jardin, mais au fond de la cour, et peinte en vilain rouge.

Le soleil, qui descendait à l'horizon, se jouait dans le fin nuage doré montant du blé battu et une véritable auréole se formait autour de la machine et de la meule.

— Tu crois qu'il y aura assez de pommes de terre ?

Mme Naquet rentra, sale et grognon comme toujours, et questionna :

— Et maintenant ? Qu'est-ce qu'il reste à faire ?

— Mettez la soupe au feu. Ensuite vous dresserez la table à côté.

— Je vais m'arranger un peu, dit Hermine en se dirigeant vers l'escalier qui conduisait à la chambre de sa sœur et de son beau-frère.

Mme Pontreau remarqua que l'homme qui fumait sa cigarette sous le chêne avait disparu.

— Il est parti ?

— Je ne sais pas. Je n'ai rien remarqué.

— Pourvu qu'il n'ait pas fait un mauvais coup, prononça-t-elle alors, lentement, en guettant la femme de ménage.

Elle la voyait de dos. Elle voulait savoir si elle tressaillirait, se retournerait, dirait quelque chose. Mais il n'y eut rien de pareil. Mme Naquet continuait à couper des oignons qu'elle laissait tomber dans la casserole posée sur le fourneau.

— Je crois que j'aperçois Viève au bout du chemin.

— Il serait déjà six heures ?

Geneviève, qu'on appelait Viève, était la

plus jeune des sœurs. Elle n'avait que dix-huit ans ; elle travaillait à La Rochelle, dans une librairie, et elle s'y rendait chaque jour en vélo.

D'habitude, elle rentrait directement chez sa mère à Nieul mais, comme la maison était vide pendant les battages, force lui était de venir manger à la Pré-aux-Bœufs.

Elle était habillée de clair. Des boucles de cheveux tombaient sur ses épaules. Elle s'arrêta un instant pour regarder la machine au travail et les hommes lui lancèrent des plaisanteries.

— Je n'aime pas qu'elle se frotte à ces gens-là, dit sa mère.

Et la femme de ménage grogna une fois de plus. Gilberte se penchait à la fenêtre.

— Je me demande où Jean est allé ? Pourvu qu'il ne se soit pas évanoui dans un coin ! J'ai envie d'aller voir.

Sa mère hésita un instant.

— Tu ferais peut-être bien ! prononça-t-elle.

Vièvre appuyait au mur, près de la fenêtre, le guidon nickelé de son vélo, entrait dans la maison en lançant :

— Qu'est-ce qu'il y a à manger ? Encore du lapin ? Hermine n'est pas ici ?

— Elle fait un peu de toilette, là-haut.

D'un geste machinal, la jeune fille tendit le

22

front à sa mère qui le frôla de ses lèvres, d'un mouvement tout aussi machinal.

— Où vas-tu, Gilberte ?

— Je vais chercher Jean. Je ne sais pas ce qu'il est devenu.

— Je t'accompagne.

— Reste ici ! commanda Mme Pontreau sans se retourner.

Viève obéit. Chacun avait l'habitude d'obéir. Elle retira son chapeau de paille bleu ciel et tapota sur sa robe froissée par le vélo.

— J'ai dépassé les gendarmes, sur la route. Est-ce qu'ils viennent ici ?

— Ton beau-frère les a appelés, à cause des gens de La Pallice.

— Qu'ont-ils fait ?

— Il y a encore eu une scène tout à l'heure. Jean a peur qu'ils fassent un mauvais coup la nuit, pour se venger. A propos, la vache est morte.

— Pauvre bête ! C'est celle qui a des taches chocolat ?

Au bout du chemin, qu'on dominait sur une longueur de plus d'un kilomètre, on apercevait maintenant les deux gendarmes qui roulaient lentement côte à côte. On entendait aussi la voix de Gilberte qui criait :

— Jean !... Jean !...

Quand elle revint, elle était soucieuse.

— Je me demande où il est... J'ai cherché partout. Je suis entrée à l'écurie...

Mme Pontreau regarda encore la femme de ménage qui épluchait des poireaux pour la soupe.

— Il a toujours été original, soupira-t-elle. Il est incapable de conduire une ferme et même de se conduire lui-même.

Viève s'était assise sur le rebord de la fenêtre et regardait mollement le paysage écrasé par le soleil, les champs d'un gris doré, la meule surmontée de silhouettes en mouvement, la machine rouge, la verdure sombre du grand chêne et les gendarmes dont les képis avaient les mêmes reflets que le nickel des vélos.

— C'est le grand brun, annonça-t-elle, de telle sorte que sa mère la regarda sévèrement.

Cela ne l'empêcha pas d'ajouter :

— Il rougit chaque fois qu'il me rencontre !

— Viève !

— Eh bien ? Est-ce que je ne peux pas dire que le gendarme rougit quand il me voit ? D'ailleurs, il est marié !...

Elle passa par-dessus l'appui de fenêtre et, avant l'arrivée des deux cyclistes, se dirigea vers les gosses, prit la fillette dans ses bras, peut-être pour se donner une contenance.

— Je me réjouis que tout cela soit fini, soupira Gilberte en versant un broc d'eau sur la soupe. Vous avez mis assez d'oignons, madame Naquet ?

Quant à Mme Pontreau, elle retirait son

tablier qu'elle pliait soigneusement, avant de
recevoir les gendarmes.

2

Ils donnèrent un ou deux coups de talon
sur le seuil, par habitude, pour secouer la
poussière de leurs bottes. Dans la cuisine,
le brigadier qui avait une chair drue et saine
lança vers le coin d'ombre où remuait
Mme Naquet :

— Vous travaillez ici, vous, maintenant ?

C'est aux casseroles qu'elle répondait, har-
gneuse comme toujours, cependant que le
plus jeune des gendarmes passait gauchement
devant Geneviève.

Mme Pontreau les fit entrer dans la seconde
pièce, où l'aînée de ses filles, Hermine, mettait la table pour vingt et quelques personnes.
Il n'y avait pas de nappe sur le bois gris dont
les planches s'incurvaient, séparées entre elles
par de larges vides. Devant chaque couvert,
Hermine posait un gros quignon de pain.

Les gendarmes s'assirent au bout de la table
et Mme Pontreau, comme on accomplit un
rite, remplit deux verres de vin blanc.

— Vous avez des ennuis avec les gars de

batterie ? demanda le brigadier qui suivait machinalement Hermine du regard.

— C'est mon gendre qui vous a fait appeler. Il sera ici dans un instant.

Elle se tourna vers la cuisine et cria :

— Gilberte, va donc chercher ton mari !

— J'y suis allée. Il n'est nulle part.

Viève, qui n'avait rien à faire dans la seconde pièce, avait rejoint les enfants avec qui elle feignait de jouer mais son regard fouillait sans cesse la pénombre où elle devinait le gendarme timide.

A ce moment, le fermier des Mureaux, celui qui avait prêté sa machine et qui la dirigeait lui-même, s'en vint vers la maison, traversa la cuisine.

— Où est-il, Nalliers ?

Il serra la main des gendarmes, essuya au poignet de sa chemise bleue son front en sueur.

— C'est facile de débaucher mes hommes sous prétexte qu'ils boivent un coup de trop. Mais alors, qu'il m'en mette d'autres en chantier ! J'ai besoin de quelqu'un tout de suite pour nouer les sacs.

— J'espère qu'il va revenir, dit Mme Pontreau en ayant l'air de chercher dehors la silhouette de Nalliers.

— Je vous répète que c'est maintenant qu'il me faut quelqu'un pour les sacs. Sinon, on n'aura pas fini à la nuit.

Le fermier soupira et, tourné vers les gendarmes, leva les yeux au ciel, puis sourit en entendant la dispute qui commençait. Mme Pontreau s'était adressée à la femme de ménage.

— Allez-y, vous, puisqu'on a besoin de quelqu'un.

La Naquet, son petit couteau à la main, en était abêtie d'indignation.

— Que j'aille travailler à la batterie ?

— Il ne s'agit que de nouer les sacs.

— Que j'aille... moi... avec tous ces hommes...

Elle parla encore, tisonnant le poêle et on ne comprit rien et Mme Pontreau se rejeta sur Gilberte :

— Va donner un coup de main.

Le fermier partit avec elle et, chemin faisant, elle ajustait un mouchoir autour de ses cheveux avant d'entrer dans le nuage de poussière dorée.

— Alors ? questionna le brigadier en se levant.

— Patientez une minute. Il va venir. Il est passé il y a quelques minutes... Tout ce que je sais, c'est qu'un des hommes de La Pallice l'a menacé. Cette nuit, on a rôdé autour de la maison. Quant à la vache qui est morte, on ne m'ôtera pas de l'idée qu'elle a été empoisonnée.

— Vous portez plainte ?

Les gendarmes n'avaient fait que tremper les lèvres dans leur verre, parce qu'il le fallait. L'attitude du brigadier était assez peu engageante, tandis que Mme Pontreau, appuyée au buffet, tenait les deux mains croisées sur le ventre et hochait la tête.

— Je ne crois pas que mon gendre porte plainte. Ce qu'il voudrait, c'est qu'on surveille la Pré-aux-Bœufs pendant quelque temps.

— Il a été menacé, dites-vous ? sait-il par qui ?

— Pas seulement par un gars, mais par plusieurs. Tenez, c'est surtout par celui-ci, qui arrive je ne sais d'où. On l'a renvoyé tout à l'heure et il n'a pas voulu partir...

L'homme au litre de vin se dirigeait vers la maison, la chemise ouverte sur sa poitrine, les manches roulées au-dessus du coude, le pantalon maintenu sur les reins par une courroie. Il avait de beaux yeux bruns, des cheveux parsemés de brins de paille et il tenait encore un coquelicot à la main.

— Vous savez son nom ?

— Il va vous le dire. Regardez ses bras.

L'homme n'était qu'à quelques mètres, des tatouages bleus apparaissaient sur sa peau brunie. Il donna, lui aussi, deux coups de talon sur la pierre du seuil avant d'entrer dans la cuisine.

— Ils sont ici ? demanda-t-il à la femme de ménage.

Et il entra dans la seconde pièce, ou plutôt se campa dans l'encadrement de la porte. En voyant les gendarmes, il porta un doigt à son front, en un salut nonchalant, mais c'était à Mme Pontreau qu'il en avait.

— Dites donc ! Le patron est en train de mourir.

Mme Naquet s'agita dans la cuisine. Hermine regarda l'homme, puis les gendarmes.

— Que racontez-vous ? D'où venez-vous ?

Il désigna la direction des écuries et les gendarmes se levèrent.

— Venez avec nous.

— Jean à dû avoir sa crise, soupira Hermine.

On traversa en désordre la demi-obscurité de la cuisine et dehors, dans le soleil, on marcha rapidement vers les bâtiments. L'homme de La Pallice expliquait :

— Je l'ai trouvé par terre, dans une cour.

Mme Pontreau, qui avait entendu, se retourna.

— Qu'est-ce que vous faisiez par ici ?

Au lieu de répondre, il la regarda et haussa les épaules. A mesure que l'on approchait, le train devenait plus rapide. On avait dépassé la batterie où l'on distinguait le mouchoir rouge de Gilberte. On traversa l'écurie. Ce fut Mme Pontreau qui s'arrêta pour demander :

— Où est-ce ?

— Par là !

Il ne restait qu'une porte à franchir. La petite cour aux pavés inégaux était divisée en deux parties, l'une ruisselante de soleil, l'autre envahie par l'ombre du bâtiment. C'est dans le soleil qu'on vit Nalliers couché sur le ventre, un bras sous la tête, l'autre étendu, avec les doigts crispés sur un mouchoir.

Le gars, qui s'était arrêté, roulait une cigarette. Les gendarmes s'avançaient lentement, en regardant autour d'eux avec méfiance mais le brigadier se précipita quand, soudain, Nalliers eut un léger mouvement.

Mme Pontreau devint beaucoup plus pâle et, dès lors, se tint à quelques mètres.

Autour du corps, s'éparpillaient des grains de blé et il y en avait même dans les plis du vêtement, dans les cheveux clairs du blessé. Le brigadier se redressa, après avoir soulevé la tête et tâté la poitrine.

— Qu'on aille chercher le docteur tout de suite.

Tous les quatre s'observèrent. Enfin, Mme Pontreau décida :

— Je vais envoyer Viève !

Elle traversa l'écurie à pas pressés. On l'entendit crier :

— Viève ! Cours chez le docteur Durel. Qu'il vienne immédiatement.

— C'est pour Jean ? questionna une voix plus lointaine.

— Oui ! Vite...

30

Quand elle revint, le brigadier, debout, regardait le corps, puis la lucarne, au-dessus de l'écurie. Parfois il lançait un bref coup d'œil à l'homme de La Pallice qui s'était assis sur la margelle du puits.

— Vous croyez qu'il va mourir ? questionna la belle-mère.

— Il était sujet à des étourdissements ?

— Trois fois, en un an, il est tombé du haut mal. Aujourd'hui il n'était pas dans son assiette, à cause de tous ces ennuis.

— Monte dans le grenier, dit le brigadier à son compagnon.

— On le laisse ici ?

— Je crois que cela vaut mieux. Il faudrait seulement lui donner de l'ombre. Je n'ose pas le remuer, car il doit avoir une fracture du crâne.

— Apportez la brouette, commanda Mme Pontreau au valet tatoué. Elle est dans l'écurie.

Un peu plus tard, elle la lui prit des mains, la renversa à brève distance de la tête du blessé afin de lui faire de l'ombre.

Maintenant, on voyait une partie du visage de Nalliers, car il avait encore remué la tête. Ses yeux étaient ouverts, mais ils ne devaient rien voir, car les prunelles restaient fixes. Il respirait par petits coups espacés. Il bavait. Puis il y avait un long moment d'immobilité, de silence. On pouvait croire qu'il était mort.

L'instant d'après, son bras ou sa jambe bougeait à nouveau.

Le gendarme se montra à la lucarne.

— L'ouverture est presque à niveau du plancher ! annonça-t-il.

En même temps, des grains tombèrent à la même place que ceux qui étaient déjà dans la cour.

— Il n'a rien laissé là-haut ?

— Sa casquette.

On entendait toujours vrombir la machine. Des pas approchaient. Quelqu'un traversait l'écurie en courant. De la porte, Gilberte, qui avait son fichu rouge à la main, cria sans oser s'avancer :

— Il est mort ?

Elle ne pleurait pas. Elle était effrayée. Elle regardait sa mère, puis la forme sombre.

— Est-ce qu'il est mort ? répéta-t-elle.

— Mais non, prononça le brigadier avec impatience. Ne criez pas comme ça !

Elle marcha, non vers Nalliers mais vers Mme Pontreau, aperçut l'homme de La Pallice.

— Que fait-il ici ?

— En effet, dit le brigadier sautant sur l'occasion, que faisiez-vous dans cette cour ?

De tous, c'était le vagabond le plus à l'aise. Il s'étira d'une drôle de façon pour glisser la main sous sa chemise et retira un carnet malpropre qu'il tendit au brigadier. C'était son livret militaire.

— Je vous demande ce que vous faisiez ici.

— Rien.

Gilberte fixait le profil de son mari, l'œil ouvert qu'elle pouvait apercevoir, la lèvre inférieure qui frémissait de temps en temps.

— Tu cherchais à voler quelque chose, hein ?

— Peut-être bien. Seulement, je n'ai rien volé.

Une auto traversait les terres. On l'entendait approcher. Le brigadier mit le livret militaire dans sa poche et se tourna vers l'écurie où bientôt résonnèrent les voix du médecin et de Viève. Celle-ci n'alla pas plus loin. Quand elle vit le corps sur les pavés, elle poussa un cri perçant et les bras contre le mur, la tête dans les bras, elle se mit à sangloter.

— C'est Nalliers ?

Le docteur Durel ne s'étonnait pas, ne s'occupait de personne. Il s'agenouilla près du corps et il l'avait à peine touché qu'il se redressait à demi, faisait des yeux le tour de l'assistance.

— Il est mort, déclara-t-il.

— Il ne peut y avoir que quelques secondes...

— En tout cas, il est mort...

D'un seul coup, l'air de la cour s'était figé. Gilberte fondait en larmes sans faire un pas vers son mari qu'elle ne voyait qu'à travers un brouillard. Mme Pontreau, les mains croisées sur le ventre, penchait la tête d'un air dolent.

Le brigadier ne sut que faire, pendant quelques instants, puis il s'adressa au gendarme.

— Emmène les femmes. Je vous demande pardon, mesdames, mais votre place n'est pas ici pour le moment.

— Viens ! dit Mme Pontreau à sa fille.

Les sanglots de Vièvre, qui étaient les plus bruyants, s'éteignaient dans la longue perspective de l'écurie.

Il n'y eut que l'ouvrier à rester sur la margelle du puits et le brigadier ne s'en aperçut même pas.

Quant au docteur, petit et mince, vêtu d'un complet de sport gris, il posait un pied de chaque côté du cadavre et, d'un seul effort, le retournait. Le corps n'était pas encore raide et les membres s'allongèrent sur les pierres comme s'ils eussent encore été en vie.

Toute la partie gauche de la mâchoire était défoncée et saignante. L'épaule, sous le vêtement, était comme broyée.

— Il semble qu'il soit tombé de là-haut, indiqua le brigadier.

— Cela devait lui arriver un jour ou l'autre. Je l'ai prévenu quand il a eu sa dernière crise. Lorsqu'on est épileptique, on ne grimpe pas aux échelles, et on ne travaille pas sur des charrettes de foin... Pauvre type !

Il disait cela avec désinvolture.

— Vous donnez le permis d'inhumer ?

— Pourquoi pas ? Quelque chose vous chiffonne ?

Le brigadier aperçut l'homme de La Pallice.

— Que fais-tu ici, toi ?

— J'attends mon livret.

On le lui tendit.

— File, maintenant !

— Pardon ! Il faut qu'on me paie mes trois jours.

— Eh bien ! va dire ça à la cuisine. Ajoute que je leur conseille de payer, afin d'être débarrassé de toi !

L'homme s'éloigna sans bruit. Le monde semblait plus vide, car la batteuse, depuis quelques secondes, s'était arrêtée.

— Il aurait mieux fait de se tenir tranquille, expliqua le docteur Durel. Son père a de l'argent. C'est un des plus gros fermiers d'Aigrefeuille. Ce n'était pas un garçon à se marier, surtout avec une Pontreau.

— Cela n'allait pas ?

— Rien n'allait ! Vous savez où habite la belle-mère, à moins d'un kilomètre d'ici ? Elle se considérait comme la vraie propriétaire de la Pré-aux-Bœufs. Quant au pauvre type, il faisait ce qu'il pouvait, mais il ne pouvait pas grand-chose. En un an, ils ont changé sept ou huit fois de valet. Il y avait plus d'accidents de travail ici que dans tout Nieul. Vous n'avez plus besoin de moi ? J'ai une visite à Saint-Xandre...

Le fermier des Mureaux entra dans la cour, contempla le spectacle et hocha la tête.

— Voulez-vous le faire transporter dans la maison ? lui lança le brigadier.

Le ciel était envahi par les rougeurs du couchant. Dans une demi-heure, il ferait noir.

— C'est que j'ai besoin de la machine demain, pour battre aux Mureaux !

— Et alors ?

— Alors, ici, ce n'est pas fini. Je n'aurais pas dû accepter cette combinaison-là.

Il s'en alla et revint avec deux hommes qui portaient une sorte de civière : c'était un boyard, qui servait d'habitude au transport des cochons tués.

Quand on atteignit la maison, les pièces étaient presque obscures et seul un trou rond luisait dans le fourneau. Les coudes sur la table, parmi les épluchures de légumes, Gilberte pleurait et sa mère, debout derrière elle, lui lissait les cheveux de la main. Tous les hommes de la batterie se tenaient à quelque distance du bâtiment en groupes, et parlaient à voix basse.

— Je voudrais une plume et de l'encre, dit le docteur en entrant d'autorité dans la seconde pièce.

Au même moment un de ceux qui portaient le boyard et qui essayaient de l'engager dans l'escalier grommela :

— Ça ne passe pas !

Le boyard était trop large. Il fallut prendre le corps dans les bras pour le porter dans sa chambre. La voix fit encore, là-haut :

— On l'étend sur le lit ?

Personne ne répondit. Mme Pontreau donnait au médecin une petite bouteille d'encre violette et une plume. Durel repoussa les assiettes et commença à écrire.

— Quel âge avait-il ?

— Vingt-huit ans.

— Vous avez prévenu son père, au moins ?

— Pas encore.

— Il faudrait le faire.

— On ne peut plus aujourd'hui. Il est huit heures. Le téléphone est fermé.

Un instant Durel leva la tête et, dans la pénombre, fixa le visage rigide de Mme Pontreau. Puis il écrivit à nouveau.

— Qui va faire la toilette ? Est-ce que je n'ai pas aperçu tout à l'heure la mère Naquet ? Elle a l'habitude.

— Elle vient de partir.

— Alors qu'il y a un mort ?

— Elle est partie sans rien dire, avec son filet et son parapluie. On l'aperçoit encore au bout du chemin.

— Votre plus jeune fille a pris toutes ses ampoules ?

— Je crois que oui.

Il s'agissait de Viève, qui avait fait de l'anémie et à qui le docteur avait ordonné une cure d'hémoglobine. Quelqu'un, dans la cuisine, avait allumé la lampe à pétrole posée sur la cheminée.

— Le lapin brûle ! cria Mme Pontreau.

— Voulez-vous que je vous envoie quelqu'un pour la toilette ? A moins que vous et vos filles...

Il la regardait une fois de plus avec attention.

— J'amènerai une femme demain matin, dit-elle.

Elle ne le regardait pas, elle. Son regard plongeait dans la perspective du chemin où la silhouette noire et courte de la femme de ménage avait été rejointe par une autre silhouette, longue, celle-ci, celle du gars de La Pallice.

Le docteur traversa la cuisine. Les gendarmes se tenaient sur le seuil.

— Je m'en vais.

— Nous en faisons autant.

Les hommes étaient redescendus, laissant le cadavre tout habillé sur la courtepointe du lit. Le fermier des Mureaux attelait sa jument à la carriole. Déjà il avait installé ses deux gosses sur la banquette du fond, quand Mme Pontreau s'approcha.

— Qu'est-ce que vous faites ?

Il montra le soleil qui n'était plus qu'un demi-disque rouge émergeant de la mer, au-delà des champs.

— Je pars. On essayera d'en finir demain de bonne heure.

Mais les autres, les vingt hommes qui attendaient près du chêne ? Mme Pontreau les désigna.

— Vous ne voulez pas vous en occuper ? Je vous donnerai les lapins, et tout ! C'est prêt ! Il vaut mieux que ça se passe chez vous.

Les gendarmes s'éloignaient en vélo. Le docteur mettait en marche sa petite auto grise. Le fermier suivit Mme Pontreau d'un pas traînant, l'air mécontent. Et elle, sans effort, prit le gros chaudron qui contenait les lapins, puis la marmite aux pommes de terre.

— Cela tiendra dans votre carriole. Attendez...

Elle n'oubliait rien, ni les quignons de pain, ni les quatre tartes aux prunes qu'on avait commandées au boulanger.

— On s'arrangera plus tard, conclut-elle. Hermine ! aide-moi à charger tout cela.

Hermine paraissait d'autant plus pâle qu'elle avait les paupières rougies, bien que personne ne l'eût vue pleurer. Les deux enfants se serrèrent dans la charrette.

— On vous payera demain matin, annonça Mme Pontreau aux ouvriers. En attendant, vous dînerez aux Mureaux.

Ils firent la route à pied. On apercevait, juste sur la ligne d'horizon, les toits rouges des Mureaux.

Quelqu'un proposa pourtant :

— Vous ne voulez pas qu'on le veille ?

— Merci. C'est inutile. Tout le monde est fatigué et on commence demain de bonne heure.

La batteuse rouge était immobile, son long bec suspendu au-dessus de la meule inachevée.

— Enfin ! soupira Mme Pontreau en rentrant dans la cuisine.

— Ils sont partis ? questionna Gilberte.

Elle sanglota à nouveau et bégaya.

— Et les vaches qui ne sont pas rentrées !

— Va les rentrer pendant que nous arrangerons tout.

— J'ai peur.

— Peur de quoi ?

— Je ne sais pas.

C'était un crépuscule limpide, avec un ciel verdâtre, une immobilité inhumaine de toute la nature.

— Viève ! accompagne ta sœur.

Quant à Mme Pontreau, elle monta au premier, toute seule, pendant que sa fille aînée, en bas, ne savait où se mettre. Tout était en désordre. Elle ramassa les morceaux d'une assiette cassée. Machinalement, elle se versa un verre de vin, mais il lui souleva le cœur.

— Apporte une lampe, cria la voix d'en haut.

Elle prit celle de la cuisine, mais elle n'osa pas entrer dans la chambre, ni redescendre, et elle resta debout, toute seule, sur le palier. Elle entendait sa mère aller et venir, et le grincement des ressorts, puis des bruits d'eau versée dans la cuvette. Une vache meugla à quelque distance de la maison. Le phare de Chassiron mettait son bref éclat dans le ciel pâle.

— Tu n'as pas besoin de moi, maman ?

— Non. C'est presque fini.

Quand la porte s'ouvrit, Mme Pontreau était debout, la lampe à la main. Hermine aperçut le lit blanc, entrevit un visage tourné vers le plafond.

— Viens ! Attends... Il vaut mieux fermer la porte à clef.

— Tu n'allumes pas des cierges ?

— Pour qu'on retrouve la ferme en feu ?

Elles descendirent sans parler. Mme Pontreau mit son chapeau, chercha ses gants, car elle ne sortait jamais sans gants noirs ou gris, en fil. Les vaches rentraient après s'être attardées un instant à l'abreuvoir de pierre.

Gilberte et Viève revinrent enfin, aussi pâles l'une que l'autre, et Gilberte soupira :

— Je n'ai pas le courage de les traire !

— Mets ton chapeau et viens.

— Aller où ?

— Chez nous !

L'obscurité était complète, le ciel d'un beau bleu uni lorsqu'elles sortirent toutes les quatre, fermèrent les portes, et ce fut Mme Pontreau qui se retourna pour s'assurer que tout était en ordre.

— On a laissé un sac de blé dehors, remarqua-t-elle en passant près de la machine.

Il y avait, des deux côtés du chemin, des arbres que le vent du large avait penchés vers l'est. Elles avançaient entre eux, sur le sol inégal, et parfois un pied butait sur un caillou.

Viève, qui marchait la dernière, se retourna une fois encore et vit les fenêtres noires de la maison. Pourquoi prononça-t-elle alors, en hâtant le pas dans un élan de panique :

— On est sûr qu'il soit mort ?

— Tais-toi ! Marche, imbécile !

Il est vrai que Viève n'avait jamais vu mourir.

3

L'enterrement eut lieu le mardi et resta, à Nieul et dans le pays, une date mémorable, non tant à cause de l'événement lui-même qu'à cause de la chaleur qui atteignit son paroxysme. Des années plus tard, on entendait dire encore, au café Louis :

— Tu te souviens du chemin de la Pré-aux-Bœufs, derrière le cercueil ?

En tête venaient le surplis blanc du prêtre et les deux enfants de chœur brandissant la haute et mince croix d'argent au-dessus des têtes, puis le court cheval de labour qui n'était même pas noir et la charrette au cercueil.

Il y avait dans l'air, à force de chaleur, comme un grésillement d'incendie ; et la mer, au bout du champ, n'était qu'un reflet sans fin qui faisait mal à regarder.

Les quatre femmes étaient voilées de crêpe. Le père Nalliers en noir, le plastron empesé, les manchettes rondes tombant sur ses mains brunes, marchait, non pas à côté d'elles, mais un peu en avant, tout seul. Il respirait fort. Il regardait autour de lui de ses yeux durs, aussi clairs que ceux de son fils, et il ne paraissait pas s'apercevoir que son visage était couvert de sueur.

Derrière eux se pressaient encore des gens en noir, tout le village, hommes et femmes, et

tous respiraient avec peine, les cous se gon-
flaient dans les faux cols raides, la mercière
dut, par crainte de s'évanouir, s'asseoir au
bord du chemin.

Quand le cercueil était sorti de la maison,
Mme Pontreau avait regardé Gilberte. C'était
le moment où on allait se mettre en marche.
Et Gilberte, gauchement, avait obéi à ce
regard, s'était approchée de la porte qu'elle
avait fermée à clef, puis elle avait mis cette
clef, si grosse qu'elle fût, dans son sac de drap
à fermoir d'argent.

Il y avait plus d'un kilomètre à parcourir.
On tournait le dos à la maison vide, flanquée
de sa meule, et dans les champs brûlés il n'y
avait rien d'autre que le cortège noir à se traîner comme une chenille.

A Nieul, la porte de l'église était ouverte.
Des gens qui n'avaient pas eu le temps d'aller
à la maison mortuaire attendaient sur la
place, en face du café Louis et de la forge.

Le prêtre récitait des versets latins. Les
enfants de chœur marchaient mal à cause de
leur robe. Mme Pontreau voyait le dos du
vieux Nalliers devant elle, mais derrière, juste
sur ses talons, elle entendait le pas régulier de
Mme Naquet qui était arrivée avec un ridicule
chapeau de travers, une jaquette trop large et
son parapluie de tous les jours. Mme Naquet,
comme le curé, murmurait des mots incom-
préhensibles, parlait toute seule, tout le long

du chemin, avec la même application, le même regard obstiné.

A l'église, les quatre femmes en deuil furent seules au premier rang de la travée de gauche, par ordre de taille : Mme Pontreau, puis Hermine, puis Gilberte qui se tamponnait parfois les yeux de son mouchoir et enfin Viève qui pétrissait le sien dans ses mains moites.

La femme de ménage s'était agenouillée juste derrière elles et continuait son soliloque indistinct qui pouvait passer pour une prière.

Des hommes sortirent afin d'attendre, sur la place, la fin du service. La boulangère dut partir aussi, car c'était l'heure de l'autobus. Et les enfants de chœur allaient et venaient autour de l'autel, faisaient des génuflexions, agitaient leur sonnette, emportaient les burettes devant la foule qui se levait ou s'agenouillait à leur signal.

Un bruit de pas dans toute l'église dallée de gris annonça l'offrande et c'est alors seulement qu'il se passa quelque chose d'inattendu. Le père Nalliers, comme c'était son rôle, prit la tête de la file qui se dirigeait vers le banc de communion pour baiser les reliques.

Il était aussi maigre que son fils. Des moustaches rêches, roussâtres, tombaient aux deux côtés de ses lèvres. Il marchait lentement, comme en comptant ses pas. Le curé essuya la petite glace du reliquaire avant de le lui tendre et Nalliers l'effleura de ses poils.

L'enfant de chœur tenait un plateau d'argent. En arrivant à sa hauteur, le père Nalliers s'arrêta, regarda autour de lui sans se presser. Il avait cette sorte de calme frémissant qui lui venait quand, au conseil d'administration de la laiterie, il demandait la parole. Ses narines se dilataient. Ses doigts se crispaient sur deux billets de cent francs tout neufs qu'il posa enfin sur le plateau.

Et il dit d'une voix nette, qu'on entendit jusqu'au fond de l'église :

— On verra bien s'il y a un bon Dieu !

Quand on sortit du cimetière, les Pontreau se placèrent à droite de la porte, près d'un if, le père Nalliers à gauche et les gens défilèrent pour leur serrer la main. Le docteur arriva en auto, vêtu de gris, se précipita vers Mme Pontreau.

— Vous m'excuserez. J'avais une opération.

Il n'y avait pas besoin d'en dire plus long, car trois ou quatre personnes à la fois murmuraient des condoléances presque aussi indistinctes que les monologues de la mère Naquet.

Le docteur se dirigea ensuite vers le vieux Nalliers, à qui il tendit la main.

— Comme je viens de le dire...

Mais Nalliers laissa la main du docteur en suspens et regarda ailleurs avec affectation.

46

— Ah ! bon... se contenta de murmurer Durel.

Les gens ne partaient pas tous. Il y avait, sur la place aux maisons blanches, des groupes noirs, des plastrons empesés, des visages cramoisis.

On s'écarta pour laisser passer les quatre femmes dont on ne distinguait pas les traits sous le crêpe. A midi exactement elles entrèrent dans leur maison, la dernière à droite sur le chemin de la mer, une des plus grandes et des plus solides du bourg.

Mme Pontreau, dès le corridor, où se dressait le portemanteau, retira son chapeau et ses gants tandis que Gilberte entrait dans la salle à manger et se laissait tomber sur une chaise.

Il faisait plus frais qu'ailleurs, car les persiennes étaient closes, les murs épais. Dans la pénombre les meubles bien cirés luisaient, et tous les bibelots brillaient sur la blancheur des napperons brodés, et aussi les touches du piano d'Hermine, avec sa partition toujours ouverte.

— Qu'a-t-il dit ? demanda Vièves en retirant son voile et en montrant un visage tiré par la fatigue, marqué d'un petit bouton au front.

— C'est un fou, répliqua Mme Pontreau.

Et elle ajouta à l'adresse de l'aînée :

— Je crois qu'il y a quelque chose qui brûle.

Hermine ouvrit la porte vitrée de la cuisine

où un ragoût mijotait sur le coin de la cuisinière. On l'entendit qui soulevait le couvercle, remuait la sauce avec une cuiller en bois.

— Et toi, tu ne te déshabilles pas ?

Gilberte se leva, docile. Sa mère l'aida à retirer son chapeau et son crêpe. Des pas résonnaient de temps en temps, sur le chemin, et on percevait les voix pendant quelques secondes.

— Tu mets la table, Hermine ? Toi, Viève, donne un coup de main à ta sœur.

Mme Pontreau était toujours la même, sauf peut-être que ses cheveux gris étaient mieux lissés que d'habitude. Elle gagna sa chambre pour changer de robe et quand elle descendit, la table était dressée, avec, à côté de chaque couvert, une pochette en toile brodée qui contenait une serviette.

Au café Louis, sur la place, ils étaient encore une douzaine à boire avant de se quitter et deux jeunes gens jouaient au billard. Mais Nalliers et quatre amis n'étaient pas dans la salle commune. Ils avaient pris place dans la pièce du fond réservée aux noces, où Louis leur servait à déjeuner.

— Autant dire que c'est un vol, répétait Nalliers qui avait déjà bu quatre apéritifs anisés.

Il n'était pas ivre, mais il apportait une conviction exagérée dans ses propos et regar-

48

dait ensuite chacun comme s'il eût fait une déclaration de la plus haute gravité.

— Elle épouse mon fils, bon ! Elle refuse de vivre à Aigrefeuille, où j'ai de la place pour tout le monde. Bon ! J'achète une ferme au garçon et qui est-ce qui commande ? La vieille, comme si c'était à elle le garçon et la ferme ! Alors maintenant, qu'est-ce que j'ai, moi ? Qu'est-ce que je suis ? Il faudrait peut-être encore que je leur laisse la Pré-aux-Bœufs ?

Il parlait dru, en oubliant de tirer sur son cigare. Le fermier des Mureaux lui demanda :

— Ils avaient un contrat de mariage ?

— Ils n'avaient rien du tout ! Soi-disant, chacun apportait quelque chose. La vieille donnait les meubles et le linge. Vous vous rendez compte ? Ils n'avaient seulement pas de draps de lit de rechange !

Ses yeux étaient humides, comme si des larmes eussent été sur le point de les envahir, mais cela durait depuis qu'il était chez Louis et aucune larme ne se formait, l'humidité restait la même. Seules des perles de sueur roulaient sur son front ridé.

— Je ne peux pas me faire à cette idée-là !

Il parlait toujours de la ferme et quand il eut un bref ricanement, les autres ne comprirent pas pourquoi. C'était pourtant bien simple. A la noce, il y avait juste un an, alors

que cinquante personnes plaisantaient autour
de la table, un loustic avait lancé :

— Je bois à l'autre mariage qui se prépare !

Il désignait Mme Pontreau, qui était veuve,
et le père Nalliers, qui avait perdu sa femme
quinze ans auparavant.

Ce jour-là, Nalliers avait ri, parce qu'à une
noce on est disposé à rire de tout.

— Pourquoi n'irais-tu pas voir un avocat ?

Mais Louis, qui servait les hors-d'œuvre
— des crevettes, des radis et des sardines —,
trancha :

— Il n'y a rien à faire.

Il était maigre et, malgré son tablier bleu
d'aubergiste, il avait l'air d'un séminariste, ou
d'un étudiant.

— Tu crois ?

— S'il n'y a pas de papier disant que les
biens sont au dernier vivant, vous avez droit
à la moitié, et c'est tout.

Et Louis disparut pour servir à boire dans
la première salle, ne revint que pour apporter
les limandes. A ce moment-là, les cinq hommes étaient dans une grande conversation,
aussi solennelle et lente qu'à la foire quand il
s'agit de vendre une vache ou un cheval.

— Pourquoi que t'irais pas ?

Nalliers secouait la tête. Il avait encore bu
du vin blanc, et il n'en était que plus catégorique.

Non, il n'irait pas ! Et il n'adresserait jamais

la parole à cette femme, ni à ses filles ! Depuis quatre jours que Jean était mort, il ne les avait même pas regardées et, pour arranger les détails des obsèques, ils s'étaient servis d'un intermédiaire.

— Je n'irai pas, mais tu peux y aller de ma part. Dis-leur que je rachète leur part, tout de suite. Je veux la ferme !

Il but et mangea, pendant que le fermier des Mureaux prenait le chemin de la mer et, pas très fier, tirait le cordon de sonnette. Ce fut Hermine qui ouvrit la porte, regarda le visiteur avec étonnement, sans rien lui dire.

— Je peux parler à Mme Pontreau ?

Elle le fit entrer, non dans la salle à manger mais dans le salon qui, comme les autres pièces, était baigné d'ombre. Il n'osa pas s'asseoir. Il attendit au moins cinq minutes, à tortiller son chapeau et à regarder les portraits accrochés aux murs.

Quand il rentra chez Louis, Nalliers le regarda en silence mais il tirait sur le côté gauche de ses moustaches.

— Elle ne veut pas.

— Qu'est-ce qu'elle ne veut pas ?

— Vendre sa part. Elle dit que la Pré-aux-Bœufs sera mise en vente publique, comme c'est la coutume.

Nalliers regarda Louis qui venait d'entrer et qui murmura :

— C'est son droit.

— Et ce n'est pas le mien de racheter une propriété qui m'appartient ? éclata le cultivateur.

Il se tourna vers son émissaire, frappa la table du poing.

— Ecoute ! Tu vas y retourner. J'ai acheté la ferme cent cinquante mille voilà un an. La moitié, ça fait soixante-quinze mille. Eh bien ! je leur en donnerai quatre-vingts. Dis d'abord quatre-vingts. Puis tu iras jusqu'à quatre-vingt-cinq. Je veux la ferme, nom de Dieu !

Il s'était levé d'une détente tant son émotion était forte. Cette fois, on put vraiment croire qu'il allait éclater en sanglots.

— Attends ! Si elle ne veut pas, dis-lui de la part de Nalliers, du père Nalliers, que je pourrais peut-être m'y prendre autrement...

— Il faut dire ça ?

— Puisque je te le dis !

Les rues étaient vides, blanchies par le soleil, tous les volets du village fermés. L'homme des Mureaux parcourut à nouveau les trois cents mètres qui le séparaient de la maison grise et sonna.

Ce fut encore Hermine qui ouvrit la porte et qui le fit entrer dans le salon. Mais il s'assit. Il hésita même à se lever quand Mme Pontreau entra et resta immobile sur le seuil.

— Voilà ! Il offre quatre-vingt mille.

— C'est tout ce que vous avez à me dire ?

— Quatre-vingt-deux.

Il y avait toujours dans l'air une odeur de ragoût, mais on sentait quand même l'odeur plus subtile de la maison, l'odeur d'une maison de campagne bien tenue, avec comme des bouffées de foin, d'encaustique et de fruits qui mûrissent.

— Quatre-vingt-quatre... Quatre-vingt-cinq... Et il a ajouté qu'il est bien capable de s'y prendre autrement...

Hermine était restée derrière sa mère et elles avaient toutes deux le même visage, le même ovale, surtout, et la même peau blanche et unie, les mêmes lèvres qui ne devaient jamais mollir.

— La Pré-aux-Bœufs passera en vente publique, répéta Mme Pontreau. J'espère qu'il n'insistera plus.

C'était une autre atmosphère au café, plus claire, plus vivante, plus vulgaire. On buvait du cognac et Nalliers en était déjà à son troisième verre.

— Elle ne veut pas.

Alors il se leva en se tenant à la table. Il les regarda comme il avait regardé les gens à l'église.

— Moi je vous dis — écoutez bien ! — je vous dis, foi de Nalliers, que j'aurai la ferme, parce qu'elle est à moi, parce que je l'ai donnée à mon fils et que mon fils c'est moi ! Et on verra si ces chipies...

Il détourna la tête. Il avait un vrai sanglot

dans la gorge. En se rasseyant, il ajouta d'une autre voix, presque plaintive :

— Je n'ai même pas la clef ! Et savez-vous ce qu'elles ont dit ? Pas seulement à moi, mais à tout le monde. Elles ont dit que c'était moi qui lui avais donné une lourde hérédité...

— Remets-toi ! fit son voisin, gêné, en le voyant pleurer.

— Oui, je me remettrai. Mais pas avant que je leur aie pris la ferme. Je le jure ! Vous êtes tous témoins ! Et le petit aussi, là-haut, est témoin !

Il montrait le plafond, tragique. Puis il cria :

— Apporte-moi la note, Louis ! Faut que je m'en retourne à Aigrefeuille.

Le forgeron, qui avait troqué son costume noir du matin contre ses vêtements de travail et son tablier de cuir, ferrait un cheval, sur la place.

Dans le clair-obscur de la maison de pierres grises, Hermine avait pris un ouvrage de couture tandis que Gilberte, les coudes sur la table, regardait douloureusement devant elle.

— Pourquoi veux-tu que la ferme passe en vente publique ? C'est la même chose. Il poussera les enchères.

Mme Pontreau qui cousait, elle aussi, près d'un auvent entrouvert, répondit sans lever la tête :

— Parce qu'il ne faut pas avoir l'air de le craindre.

— Pourquoi le craindrait-on ?

— C'est un dégénéré, et il croit nous avoir fait un cadeau en...

— Maman !

— Tu as écrit au notaire de venir, Hermine ?

— J'ai écrit hier. Il sera sans doute ici demain.

Vièvе s'était endormie sur le canapé et on entendait sa respiration régulière. Malgré la distance, les heurts de la forge arrivaient jusque-là.

— Demain matin, nous irons à la Pré-aux-Bœufs reprendre tes affaires.

Gilberte regarda docilement sa mère, puis elle murmura :

— Je me demande si les Mahieu soigneront bien les vaches. Ils ont à peine la place pour les mettre et c'est leur gamin qui les conduit au pré.

Des pas s'arrêtaient sur le seuil. Chacune écouta. Et ce fut long, comme si le visiteur n'eût pas été décidé à sonner. D'ailleurs, il ne sonna pas, mais il y eut des coups frappés à la porte.

C'était si étrange que Mme Pontreau ouvrit un peu plus les persiennes, pendant qu'Hermine se dirigeait vers le corridor. Elle vit la courte silhouette noire de Mme Naquet, son parapluie. Mme Naquet portait toujours son chapeau trop petit qui lui tombait sur une oreille, et des souliers trop grands qu'on avait dû lui donner.

Or, au moment où Hermine tendait la main vers le bouton de la porte, après avoir retiré la chaîne que l'on mettait en travers, la femme de ménage descendit les marches du seuil et reprit le chemin du village.

— Qui est-ce ? demanda Gilberte sans bouger.

— La Naquet.

— C'est vrai qu'elle n'est pas payée ! On doit aussi de l'argent aux Mureaux et il me semble que quelqu'un est venu, les derniers jours, pour l'assurance. Jean n'a pas payé. Il a dit de repasser.

Tout cela la submergeait. Au point qu'elle n'avait plus le courage d'en parler, ni même d'y penser !

— Je vais faire ma chambre, dit-elle en se levant.

Hermine revenait, étonnée.

— Je me demande ce qui lui a pris. Car je suppose que c'est elle qui a frappé. Ce matin, j'ai essayé d'entendre ce qu'elle grommelait, mais je n'ai pas pu.

Mme Pontreau, qui s'était rassise, mettait lentement ses lunettes.

— Tu es sûre que toutes les portes de la ferme sont fermées ? demanda-t-elle à son aînée.

— C'est Gilberte qui a fait le tour.

Elle regarda Viève qui dormait toujours, le sang aux joues.

— Il faudra peut-être lui racheter une boîte de son médicament.

Dans toute la maison l'air était immobile et lourd. Un camion chargé de moules passa, venant de la mer.

— S'il n'était pas si tard, j'irais moi-même chez le notaire.

— Aujourd'hui ?

Ce fut le silence, le souffle régulier de Viève, le cliquetis aérien des aiguilles à tricoter.

Mme Naquet, son parapluie à la main, traversa la place du village au moment où quatre hommes en noir serraient une dernière fois la main du père Nalliers juché sur sa carriole. A la terrasse, Louis essuyait ses tables.

Et la femme de ménage poursuivit sa route en balançant son parapluie et en parlant toute seule, si préoccupée qu'elle faillit être renversée par l'autobus de Charron et que tout le monde rit, à l'intérieur de la voiture, quand elle fit, avec son parapluie, un brusque saut de côté.

4

Pour le docteur, il y avait, le jour même de l'enterrement de Nalliers, l'appendicite aiguë du boucher de Lauzière et c'était la fin d'une tranche de l'année car, dès le lendemain, arrivait un jeune interne de Lyon qui s'occuperait des malades pendant que Durel passerait ses vacances en montagne.

A ce moment-là, c'était l'été, l'herbe desséchée, l'invasion des campagnes par les gens des villes habillés de clair et le soir on dînait sans allumer les lampes.

Or, quand Durel revint, hâlé, l'œil plus vif que jamais, il dut se servir des phares de sa petite auto avant la fin de sa tournée. Et le matin il faisait frais. Il mit des gants. Il emporta un imperméable, puis un pardessus.

Sur la place de Nieul, Louis rentrait sa terrasse et quand l'autobus passait, on reconnaissait à peine les visages derrière les vitres embuées.

Maintenant, c'était bien l'hiver. La pluie, qui lavait les murs blancs des maisons, leur donnait l'air d'être grises et on pouvait encore lire sur une affiche rose :

Vente du Domaine de la Pré-aux-Bœufs

C'était la dernière affiche à n'être pas

encore tout à fait en lambeaux. Derrière les fenêtres closes, on apercevait des visages d'enfants qui ne pouvaient jouer dehors, ou des femmes qui cousaient. On devinait au fond des pièces la rougeur des poêles.

A six heures et demie, quand le docteur engagea sa voiture sur le chemin de la mer, il faisait déjà noir et les phares éclairaient les fléchettes obliques de la pluie. On devait l'attendre, car il était à peine au-dessus du perron que la porte s'ouvrit sur le corridor dallé de bleu où régnait une lumière douce.

Il sourit en quelque sorte à l'odeur de la maison, car il connaissait l'odeur de tous les foyers du pays et celle-ci, un peu fade, avait néanmoins une saveur grave, austère et par surcroît elle évoquait une propreté méticuleuse.

Hermine, qui avait ouvert la porte et salué d'une inclinaison de tête, attendait que le docteur eût accroché son pardessus et son chapeau au portemanteau, après quoi elle ouvrit, non la porte du salon, mais celle de la salle à manger, qui était le véritable centre de la maison. C'est ici qu'on vivait, ici aussi qu'on travaillait, qu'on recevait, c'est ici que Gilberte était étendue sur un canapé, la tête sur l'oreiller descendu d'une des chambres.

— Ça ne va pas ?

Et le docteur s'approcha d'elle, fit un détour pour serrer la main de Mme Pontreau qui, assise devant un journal déployé sur la table, retirait ses lunettes et se levait.

— Je ne crois pas que ce soit grave, dit-elle. Dans la famille, on n'a jamais été malade. Mais voilà plus d'un mois qu'elle ne mange pas, qu'elle reste des heures sans parler, sans avoir la force de bouger...

Silencieuse, Hermine avait repris sa place près d'une couseuse et son pâle visage était tourné vers le docteur.

— Eh bien ! madame Nalliers, nous allons voir, dit celui-ci avec entrain.

Au même moment, il sentit qu'il y avait quelque chose de choquant dans sa phrase. Personne n'avait tressailli et pourtant il avait conscience d'avoir commis une gaffe. Gilberte était bien Mme Nalliers. Pouvait-on l'appeler autrement ?

Et pourtant l'atmosphère de la maison était si personnelle, formait un bloc si solide, comme les quatre femmes formaient bloc, qu'il était gênant d'appeler l'une d'elles d'un autre nom que les autres.

— Je vais d'abord vous ausculter.

Ce furent les gestes et les questions rituels. Mme Pontreau était debout derrière le docteur qu'elle dominait d'une tête au moins.

C'était assez effrayant de constater le changement qui s'était produit chez Gilberte. Elle qui avait une chair drue, un teint coloré, s'était vraiment fondue et on la sentait sans vigueur, sans goût, sans réaction.

— Vous n'avez mal nulle part ?

— Nulle part, docteur.

C'était la mère qui répondait et qui poursuivait :

— C'est plutôt comme une grande fatigue. Mais justement elle ne s'est pas fatiguée.

Durel savait beaucoup de choses et il y pensait tout en prenant la température ou en posant sa joue sur la poitrine couverte d'une serviette déployée.

Il savait que depuis quatre ans, les quatre femmes Pontreau étaient peut-être les êtres les plus pauvres de Nieul. D'autres le savaient aussi. Tout se sait, car le boucher et les fournisseurs ne se font pas faute de parler.

Pontreau, le père, qui était large et gras comme deux hommes ordinaires, avait été un des plus importants boucholeurs. Ses champs de moules, le long de la côte, étaient les plus grands et il avait deux camions automobiles pour transporter les paniers à la gare de La Rochelle.

Puis soudain, il s'était mis en tête d'avoir des bateaux de pêche. Il jouait aux cartes, le soir, avec des armateurs, et ce titre-là lui faisait envie. Il avait acheté un sloop, puis un chalutier. Le sloop avait coulé. Le chalutier, qui ne rapportait rien et qu'il avait négligé d'assurer, en avait abordé un autre, une nuit d'hiver, dans la rade de La Pallice.

Il avait fallu tout vendre pour payer. Pontreau était mort. Il y avait quatre ans de cela.

Et l'on se demandait, depuis lors, comment les femmes restaient dans la maison, de quoi elles vivaient, par quel miracle ce dernier bien n'avait pas encore passé aux enchères publiques.

On n'avait jamais vu livrer de vin. Le boucher ne venait qu'une fois la semaine. L'épicière attendait jusqu'à trois mois avant d'être payée et parfois on voyait arriver le notaire qui restait longtemps dans la maison et s'en allait de mauvaise humeur.

Les Pontreau ne perdaient rien de leur dignité. Elles ne sortaient que gantées et chapeautées, même pour aller à cent mètres de là. C'était un miracle que Gilberte se fût mariée.

— Sortez-vous de temps en temps ? lui demanda le docteur.

— Jamais.

— Vous croyez que c'est intelligent ? Pendant un an, vous avez vécu au grand air, en vous donnant beaucoup de mouvement, et vous voudriez bien vous porter en restant enfermée dans cette maison ?

Il affectait souvent cette brusquerie familière. Comme la table était dressée pour le dîner, avec une nappe propre, les pochettes brodées pour les serviettes, une carafe en cristal, des porte-couteaux en argent, il y jeta un bref coup d'œil.

— Que mangez-vous le soir ?

— De la soupe.

— De la soupe maigre, bien entendu. Et à midi ?

Ce fut Mme Pontreau qui répliqua :

— Nous mangeons comme tout le monde...

On entendit du bruit dans le corridor. C'était Viève, qui revenait en vélo de La Rochelle, ruisselante de pluie, et qui pénétrait dans la pièce.

— Oh ! pardon...

Durel la regarda, regarda l'aînée, la mère, puis enfin Gilberte pour qui on l'avait fait appeler.

— En somme, maintenant, vous avez de l'argent, je suppose ? La Pré-aux-Bœufs a été vendue cent soixante-dix mille...

Mme Pontreau se contenta de remuer la tête.

— La première chose à faire, la seule, est de vous nourrir. Je parle pour toutes les quatre, mais plus encore pour Geneviève.

Celle-ci fixait sur lui de grands yeux étonnés, anxieux, un peu tristes. Il s'approcha d'elle, lui souleva la paupière pour observer la cornée.

— Elle en a autant besoin que sa sœur.

— Donc, personne n'est malade ? prononça sèchement Mme Pontreau.

— Personne n'est malade à proprement parler, mais vous l'êtes toutes quatre. Je vais vous faire une ordonnance qui...

— Encore de l'hémoglobine ?

— Un stimulant quelconque. Il n'y en a pas cent mille. Quant au reste, c'est l'affaire du boucher et de l'épicier.

Il souleva un coin de la nappe pour rédiger son ordonnance. Ce faisant, il pensa que l'argent de la Pré-aux-Bœufs n'avait sans doute servi qu'à payer toutes les hypothèques qui écrasaient la maison. Il vit la carafe d'eau, les porte-couteaux, pensa à la soupe maigre qui mijotait dans la cuisine.

— Ecoutez ! je vous conseille surtout de surveiller Geneviève. Combien gagne-t-elle à La Rochelle ?

La mère allait parler, mais Viève dit la première :

— Quatre cents francs.

— Et vous usez des vêtements pour deux cents ! Sans compter qu'il vous faut faire le chemin par tous les temps...

Il n'y pouvait rien. Il remit son stylo dans sa poche et se dirigea vers la porte. Mme Pontreau, sans bouger, le regarda partir tandis qu'Hermine, dont c'était l'office, se levait pour le reconduire.

Les Pontreau lui devaient ses honoraires de deux années, mais il n'en parlait pas. Une voix le rappela :

— Docteur ! Voulez-vous me dire combien je vous dois ?

— Vous avez le temps, murmura-t-il, en endossant son pardessus.

Mme Pontreau avait pris un portefeuille dans le tiroir du buffet.

— Non pas ! Je tiens à vous payer.

— Je ne sais plus. Environ quatre cents...

— Quatre cent cinquante, je m'en souviens, plus cette visite.

Il était gêné. Il regardait surtout Viève qui avait les cheveux mouillés et de pauvres lèvres sans couleur. Est-ce qu'il avait eu tort de parler comme il l'avait fait ? Le geste de Mme Pontreau n'était-il qu'une riposte ?

Elle en était capable. Elle comptait les billets et prit les petites coupures, pour les vingt francs de la visite, dans un vieux porte-monnaie.

Quand il fut au volant de son auto, Durel avait toujours dans les narines l'odeur douce de la maison et il continuait à ressentir l'étouffement que créaient les volets clos, et toute cette vie étrangère à la vie du dehors.

— Qu'est-ce que la mère Naquet veut dire ?

On était le 3 octobre, il s'en souvint par la suite, quand, dans sa voiture qu'accompagnaient deux gerbes de boue et d'eau, dans l'obscurité du chemin de la mer où ses phares promenaient une auréole blafarde, il pensa pour la première fois, sans en rire, à l'attitude de la femme de ménage.

Cela avait commencé du temps de son remplaçant. La salle d'attente ouvrait directement sur la rue, en face de l'église, et l'été, la porte restait ouverte, si bien qu'on voyait en passant les deux bancs qui, d'une heure à quatre, étaient occupés par des malades.

Une fois par semaine, Mme Naquet faisait le ménage d'un vieillard, le comte de Charelles, qui habitait seul une maison immense et délabrée sur la route de Marsilly. Or, cette fois-là, elle s'était pris le doigt dans une porte et quelques jours plus tard, elle avait un mal blanc.

On la vit venir, en noir, avec son parapluie, et s'asseoir sur le banc sans dire un mot à ceux qui attendaient déjà. C'était encore au moment des chaleurs, et dans la salle d'attente celle-ci était rendue plus insupportable qu'ailleurs par l'odeur des médicaments.

Il y avait un gamin atteint d'oreillons, un bébé qui prenait le sein, un vieux qui venait deux fois la semaine, deux femmes encore, et tous se taisaient en attendant leur tour. Derrière une porte, on entendait comme un murmure la voix du jeune médecin et parfois éclatait un bruit de fioles heurtées.

Mme Naquet, ce jour-là, portait des souliers d'homme qu'on lui avait donnés. Le regard du vieil habitué assis devant elle tomba sur ces souliers et il les fixa si longtemps qu'il ne put s'empêcher de dire :

— Ils ne sont pas trop justes ?

Le gamin aux oreillons pouffa, malgré son bandeau. Une fermière sourit. Tout le monde regarda les pieds de la Naquet et celle-ci, l'œil féroce, répliqua :

— Si je voulais des souliers comme les autres, je pourrais m'en acheter !

C'était inattendu. Elle était pauvre. Elle vivait seule dans une maison qui n'avait que deux pièces, pas d'étage, avec deux poules et des lapins dans sa chambre à coucher. En dehors du comte, chez qui elle faisait le ménage un jour par semaine, elle ne travaillait que par raccroc.

— J'aurais envie de mille francs ce tantôt que je les aurais !

Elle parlait toute seule, comme d'habitude mais elle prenait soin d'articuler les syllabes.

— Et même deux mille !

— Pourquoi pas cinq ? répliqua le vieux.

Elle le regarda, frappée par ce chiffre, réfléchit un instant :

— Cinq aussi !

— Dites donc, cela me donne envie de vous demander en mariage.

— Si je voulais me marier, j'aurais un plus beau garçon que toi !

Ce qui était curieux, c'est qu'elle n'avait pas

l'air de plaisanter. Et pendant le reste de l'attente, elle regarda par terre comme quelqu'un qui poursuit une idée fixe. Quand le docteur l'eut soignée, il lui demanda :

— Vous êtes inscrite aux assurances sociales ?

— Cela n'a pas d'importance. Je peux avoir cinq mille francs ce soir.

Le remplaçant n'y avait pas pris garde, parce qu'il n'était pas du pays, pas même de la campagne. Or, quelques jours après, à l'épicerie, la Naquet achetait du savon pour la lessive.

— Je n'en ai plus que du supérieur, annonça la commerçante.

Et la femme de ménage de répliquer :

— Cela n'a pas d'importance. Quand vous voudrez de l'argent, je vous en donnerai. Je peux avoir dix mille francs demain si cela me plaît.

— Vous avez hérité ?

— C'est mieux que ça !

— Vous avez trouvé un mari ?

— Je pourrais avoir le mari en même temps.

C'était une idée fixe, comme de sortir toujours avec son chapeau ridicule qu'elle ne mettait auparavant que pour aller à la messe.

On avait remarqué que chaque jour elle traversait ainsi la place du village et prenait le chemin de la mer. Elle n'allait pas bien loin.

Arrivée devant la maison des Pontreau, elle s'arrêtait, restait parfois quelques instants hésitante, puis faisait demi-tour.

Le facteur, lui, l'avait vue sur le seuil, mais elle n'avait même pas sonné et elle était partie comme elle était venue.

Ces choses-là, Durel les avait apprises à son retour, quand son remplaçant l'avait mis au courant des affaires en cours.

— Elle n'est pas aux assurances sociales. Et, comme son doigt ne guérissait pas assez vite, elle a exigé une radiographie. Je lui ai dit que c'était inutile et que cela coûtait deux cents francs. Elle a répondu qu'elle en aurait vingt mille quand elle voudrait.

Le comte de Charelles, que le docteur allait voir de temps en temps, car il avait quatre-vingt-trois ans et aurait pu mourir sans qu'on s'en aperçût au pays, raconta une autre histoire.

— Je crois que ma femme de ménage devient folle. Certes, elle a toujours eu l'habitude de parler toute seule, mais maintenant c'est à moi qu'elle s'adresse. L'autre jour, elle m'a demandé à brûle-pourpoint :

» — Vous qui avez été riche, combien d'argent aviez-vous ? Plus de cent mille francs ?

C'était vraiment la hantise des chiffres. Elle demanda encore au comte :

— Combien de temps peut-on vivre avec vingt mille francs ?

Et elle continuait à parler toute seule, elle faisait des calculs. Quand il avait voulu la payer, la dernière fois, elle avait répondu :

— Ce n'est pas la peine. Je peux avoir plus d'argent que vous.

Cependant, elle ne payait ni l'épicière, ni personne. Elle leur déclarait :

— Quand vous aurez besoin d'argent, je vous en donnerai.

Elle n'avait jamais été très gaie, mais maintenant elle promenait sans cesse un visage soucieux, comme si elle eût agité du matin au soir un terrible problème dans sa cervelle.

Les gens riaient en la voyant. On lui lançait parfois un quolibet mais, malgré tout, elle était impressionnante. Il y avait une autre folle dans le village, et celle-là n'inquiétait personne.

La Naquet ne se livrait pas aux mêmes fantaisies et surtout elle avait de la suite dans les idées. Elle traitait toujours un même sujet. Il n'y avait qu'une chose à varier, et encore selon une progression constante : le chiffre dont il était question.

Dans la salle d'attente du docteur, en août, elle parlait de mille francs et de deux mille. Au comte de Charelles, en septembre, elle citait le chiffre déjà plus coquet de vingt mille.

Et quand elle parlait ainsi d'argent il lui arrivait presque toujours de parler mariage.

Elle était laide et sale. Elle avait les jambes

courtes. On ne se souvenait pas d'avoir vu un homme lui faire la cour.

Or, on s'aperçut un beau jour qu'elle ne mentait pas. On y mit du temps, car ce fut plus étrange que le reste.

Une dizaine de jours après l'enterrement de Nalliers et la mort du boucher de Lauzière, un grand garçon de vingt-cinq ans, aux manches de chemise retroussées sur des poignets tatoués, entra chez Louis à l'heure de l'apéritif et, quand la salle commença à se vider, demanda s'il pouvait déjeuner.

On ne le connaissait pas. L'après-midi, il se promena dans le village et un cultivateur le rencontra du côté de la Pré-aux-Bœufs. Le soir, il mangea encore chez Louis et s'informa d'une chambre pour la nuit.

Il en passait parfois de son calibre, qui cherchaient à s'embaucher, et travaillaient quelques jours avant de disparaître. Louis se douta de ce qu'il cherchait et, le lendemain matin, comme l'homme descendait sans s'être lavé, il lui dit :

— Vous voulez du travail ?

— Est-ce qu'il y en aurait par ici ?

— Vous pourriez toujours faire un tour du côté du four à chaux. J'ai entendu dire que deux manœuvres sont partis avant-hier.

Il y alla. Il revint et loua sa chambre à la semaine, prit désormais ses repas chez Louis, sans se mêler aux gens de Nieul qui se réunissaient à l'heure de l'apéritif. Il mangeait tout seul, buvait seul, toujours du vin blanc, regardait une heure ou deux durant des garçons qui jouaient au billard, ou écoutait vaguement les conversations.

Il s'appelait Gérard. Comme les autres, il voyait la Naquet quand elle passait, son parapluie à bout de bras, et se dirigeait vers le chemin de la mer.

Or, un soir, l'adjoint au maire, qui était voisin de la femme de ménage, annonça aux clients de Louis :

— Je vais vous en dire une bien bonne. Vous connaissez le type qui mange toujours à cette table ? Eh bien ! il vient d'entrer chez la Naquet et elle a fermé sa porte.

Les gendarmes, en faisant leur tournée, vérifièrent les registres de l'auberge et, quand ils virent le nom de Gérard — son nom de famille était Noirhomme —, ils consultèrent leur calepin.

— Ça va !

— Il est en règle ?

— Pour le moment. Il a travaillé à La Pallice, après avoir été soutier sur un bateau de Delmas.

A mesure que l'automne succédait à l'été, la vie devenait plus intime chez Louis, l'atmosphère plus concentrée. On alluma le poêle. On ferma les grandes portes vitrées. La Naquet passait toujours, et deux fois la semaine Gérard allait chez elle où il restait plus d'une heure.

Une après-midi de pluie, vers la Saint-Michel, tout le monde se retrouva dans la cour de la Pré-aux-Bœufs, pour la vente. Cela formait une masse noire et luisante de parapluies. On attendait le notaire et le commissaire-priseur. Les meubles étaient entassés sous un hangar et, dans le corridor, quelqu'un alignait des brocs, des plats, des ustensiles de cuisine, des cuvettes.

Le chemin détrempé dessinait un grand trait glauque presque aussi clair qu'un miroir.

Et il y eut un éclat de rire général quand, au bout de ce chemin, on vit apparaître la silhouette courte et grotesque de la mère Naquet qui, à cause du vent, tenait son parapluie à deux mains.

Comme elle atteignait l'endroit où s'étalait une grande flaque d'eau, l'auto du notaire arriva à sa hauteur, la dépassa, envoyant de la boue jusqu'aux épaules de la femme qui ne parut même pas s'en apercevoir.

Pendant toute la vente, elle parla toute seule. Elle allait de groupe en groupe. Elle écoutait. Elle tâtait les objets, se faufilait au premier rang, répétait les chiffres lancés en ribambelles.

Le docteur Durel n'était pas là, à cause d'un accouchement, mais sa femme aperçut l'homme aux avant-bras tatoués qui se promenait nonchalamment dans les cours et dans les bâtiments vides.

La femme de ménage n'acheta rien, tripota tout. La vente finie, elle avait le front plissé, les yeux las comme si elle eût fait tous les calculs, tout le travail à la place du commissaire-priseur.

Le lendemain, elle pénétra dans la mercerie qu'une vieille fille — qui tenait l'harmonium à l'église — possédait depuis toujours dans une rue tranquille, derrière la place. C'était à cent mètres de chez Louis. La devanture était peinte en brun sombre, les comptoirs aussi, et il y avait dans la boutique une grisaille de crépuscule qui atténuait le rose, le bleu ou le vert des écheveaux de laine.

Ici aussi, on venait d'allumer le poêle, un gros poêle rond d'ancien modèle et Mme Naquet resta debout à côté, sans rien dire, en regardant autour d'elle.

— Vous désirez ?

Elle parut s'éveiller, fixa la mercière avec méfiance, prononça enfin :

— Combien vendriez-vous le magasin ?

— Il n'est pas à vendre.

— S'il était à vendre, combien en voudriez-vous ?

— Je ne sais pas. Il n'en est pas question. Je suis née ici et j'y mourrai.

— Est-ce que cela vaut bien cent mille francs ?

74

La mercière préféra sourire. Elle avait un peu peur de la Naquet et elle cherchait à voir, par-delà les vitrines, s'il y avait des gens dans la rue.

— Vous n'avez pas besoin de laine, de fil, d'aiguilles ?

— Si je vous apportais cent mille francs ?

Elle lut l'effroi dans les yeux de la commerçante, ricana :

— Vous croyez que je ne pourrais pas les avoir ? Pourtant, je vous les apporterai un jour, quand il me plaira. Et si je veux, j'aurai le magasin...

C'était une menace. Son parapluie à la main, elle partit d'une démarche décidée, marcha jusqu'à la maison des Pontreau, gravit les quatre marches de pierre.

Mais elle ne sonna pas.

5

— Il pleut trop fort, Albert. Ne viens pas plus loin.

Le jeune homme, sans prendre garde à cet avis, continua à pédaler lentement à un mètre de Viève. Dans l'obscurité, ils n'étaient que deux ombres étranges, précédées par un halo blanc, traînant derrière elles un mince ruban de feu rouge. Ils se voyaient à peine. Ils devaient lutter contre les rafales de pluie et de vent et le bruit des pneus sur le bitume mouillé les accompagnait d'une sorte de susurrement.

Parfois un des vélos faisait un écart. Ou bien, dans une accalmie, le jeune homme s'approchait davantage de Viève et posait la main sur son épaule.

Il arrivait aussi que la route s'illuminait toute. Une auto se précipitait vers eux et dans le feu de ses phares ils ne voyaient plus rien, ils étaient perdus, ils fonçaient désespérément vers l'ombre des bas-côtés, où, l'auto passée, ils se cherchaient des yeux.

Un peu avant le virage de Nieul, ils prirent à gauche et, à pied, suivirent le chemin boueux mais obscur qui les conduisait près de la maison. Ainsi Albert pouvait-il passer son bras droit autour de la taille de Viève et parfois se pencher sur elle pour baiser son visage mouillé où collaient des cheveux.

— Tu viendras danser dimanche ?

— J'essayerai. Avec ma mère, on ne sait jamais.

Elle portait toujours des vêtements noirs, parce qu'en dehors de sa robe d'été elle n'en avait pas d'autres. Ses yeux étaient très grands et depuis quelque temps on eût dit que son visage s'allongeait, qu'elle devenait plus femme.

— Qu'est-ce que tu vas faire, ce soir ?

— Rien. Je lirai peut-être un vieux journal en attendant l'heure d'aller dormir, ou je resterai assise dans un coin, les yeux ouverts.

— Et tes sœurs ?

— Parfois l'une coud. L'autre ne fait rien.

— Vous ne parlez pas ?

— Qu'est-ce qu'on se dirait ? Toi, tu iras encore au café ?

— Je ferai un billard avant de me coucher. Je te jure que je ne verrai pas de femme.

Ils marchaient lentement, ralentissaient le pas à mesure qu'ils se rapprochaient de la maison et la hanche de Viève, collée à celle d'Albert, se déployait juste en même temps que celle-ci.

— Tu crois que tu m'aimes vraiment, Viève ?

Il le lui demandait tous les jours. Tous les jours aussi il voulait savoir ce qu'elle ferait en le quittant, ce qu'elle avait fait la veille.

Sur le chemin de la mer, il n'y avait qu'une lanterne appliquée à un mur blanc, à une dizaine de mètres de la maison des Pontreau. Un peu à droite de cette lanterne, il existait un recoin que Viève et Albert avaient adopté. C'est là qu'ils se blottissaient avant de se séparer et ils posaient les vélos contre une haie.

Ils voyaient tout, la route luisante, les volets

de la maison qu'encadrait un mince filet lumineux et les gens qui, parfois, arrivaient du village. Mais eux, dans l'ombre opaque, étaient à l'abri des regards.

Il arrivait à quelqu'un de tourner la tête de leur côté, parce qu'il avait senti un frémissement de vie. Le passant devinait deux formes enlacées, des visages bouche à bouche, et c'était tout.

— Tu rêveras de moi ?

Les baisers, ce jour-là, avaient un goût de pluie et de laine mouillée. Vièvre était pâlotte et regardait avec inquiétude une ombre qui s'approchait, au milieu de la route, une forme courte et noire surmontée d'un parapluie trop grand.

— A quoi penses-tu ?

— A rien.

Elle pensait simplement :

— Voilà encore la mère Naquet. Elle va venir jusqu'à la maison et elle n'entrera pas. Qu'est-ce qu'elle veut ?

La mère Naquet n'était pas seule. A certain moment, une autre silhouette se dessina près de la sienne. Vièvre ne savait pas d'où elle avait surgi. Et là, à cent mètres d'eux, s'amorçait un conciliabule animé. On n'entendait rien. On voyait seulement gesticuler des ombres.

Vièvre recevait toujours des baisers, sans s'en rendre compte, et sa bouche les rendait machinalement. Par-dessus l'épaule d'Albert

78

elle guettait la mère Naquet qui s'avançait, à nouveau seule, et qui s'approchait du seuil, gravissait une marche, une autre, une troisième.

De la salle à manger, on avait dû entendre ses pas. Gilberte, toujours dolente sur le canapé, devait soupirer :

— Que veut-elle, mon Dieu ? Maman, va lui demander une fois pour toutes ce qu'elle veut !

Mais Mme Pontreau ne répondait jamais. Elle écoutait aussi, très calme, sans quitter sa place, ni son ouvrage. Puis, quand les pas s'éloignaient, elle maniait son aiguille en soupirant :

— Je suppose qu'elle est folle.

— Elle sonne chez toi, souffla Albert à l'oreille de Viève.

C'était vrai. Mme Naquet avait enfin tendu le bras vers le bouton en cuivre et avait tiré, mettant la cloche en branle dans le corridor. Les yeux de Viève allaient de sa silhouette à une autre, une silhouette d'homme, blottie contre la haie un peu plus loin que les vélos.

— Tu as froid, Viève ?

La main de la jeune fille, posée sur l'avant-bras de son compagnon, réclama le silence et l'immobilité. On entendait distinctement le bruit familier de la chaîne qu'on retirait, à l'intérieur. La porte s'ouvrit, dessinant un rectangle grandissant de lumière. Viève entrevit le visage de sa sœur Hermine qui recula, dut rentrer dans la salle à manger, laissant la porte ouverte et Mme Naquet sur le seuil.

La femme de ménage avait refermé son parapluie. Elle était maintenant au niveau du corridor. L'homme, contre la haie, ne bougeait pas.

— Laisse-moi un moment, soupira Vièvre comme Albert l'embrassait toujours.

Le temps coulait avec une lenteur effrayante. Et pourtant il ne s'agissait que de quelques secondes ! Hermine qui entrait dans la salle à manger où Gilberte l'interrogeait de ses yeux fiévreux tandis que Mme Pontreau disait :

— C'est elle ?

Et Mme Pontreau retirait son tablier et ses lunettes, tapotait les plis de sa robe, se levait et, très droite, marchait vers la porte.

— Qu'est-ce que tu as, Vièvre ?

La Naquet était entrée. Il y avait de nouvelles fentes de lumière, cette fois aux fenêtres du salon.

— A demain, Albert.

— Tu rentres tout de suite ?

— Oui... Laisse-moi...

— Embrasse-moi encore.

Elle le fit distraitement, reprit son vélo et traversa la route cependant qu'il la regardait s'éloigner. Elle avait une clef dans son sac et elle s'en servit, hissa son vélo au sommet des marches, l'appuya au mur du corridor.

La porte du salon était fermée. Celle de la salle à manger était entrouverte et Hermine se tenait dans l'entrebâillement, l'oreille tendue.

— Chut... Elle est ici...

Viève fit signe de la tête qu'elle savait et, sur la pointe des pieds, s'approcha du salon, essayant d'entendre. Tant d'audace effrayait sa sœur qui, par gestes, lui ordonnait de revenir en arrière.

Mme Pontreau était impénétrable et jamais peut-être son regard n'avait eu tant de fermeté, jamais ses cheveux n'avaient été aussi nets, son corsage si raide, sa robe si droite. Elle n'invitait pas la visiteuse à s'asseoir. Une main sur le dossier doré d'une chaise, elle l'observait et déjà la femme de ménage perdait contenance, cherchait un appui autour d'elle.

— Je suppose que vous venez vous faire payer ?

Le parapluie laissait tomber de grosses gouttes d'eau sur le tapis et la robe de la Naquet était boueuse dans le bas. A cette question directe, elle répondit, mais ce fut pour elle-même, très vite et à mi-voix, si bien que Mme Pontreau n'avait pas à entendre.

— Il y a trois journées, je crois. Le premier jour, vous avez fait six heures, neuf le lendemain et le troisième sept heures environ. Cela fait vingt-deux heures à deux francs.

Les petits yeux noirs de la Naquet glissèrent du visage de Mme Pontreau au porte-monnaie que celle-ci tenait à la main.

— J'avais dit deux francs vingt-cinq... grommela-t-elle.

— Et moi j'avais dit que je ne donnerais que deux francs et la nourriture.

— Je n'ai pas dîné le dernier jour.

— Est-ce moi qui vous en ai empêchée ou est-ce vous qui êtes partie ?

Mme Pontreau avait entendu un bruit imperceptible derrière la porte et elle devina la présence d'une de ses filles. Mais elle était dans la situation d'un dompteur qui ne peut se laisser distraire un seul instant.

— Donc, vingt-deux heures à deux francs, soit quarante-quatre francs. Voici trente, quarante, quarante-deux... Attendez...

Elle n'avait pas assez de monnaie et c'était un malheur. Elle était forcée de tourner le dos, de marcher vers la porte. On bougea, derrière.

— Hermine ! Apporte-moi deux francs.

La Naquet en profitait pour parler toute seule, honteusement, comme si, cette fois, elle eût craint d'être comprise. Hermine devait aller chercher la monnaie au premier étage. On l'entendit marcher, puis descendre l'escalier.

— Voici quarante-quatre francs.

Mme Naquet les lui prit des mains d'un geste si vif, si rageur qu'on put croire qu'elle allait les jeter par terre. Peut-être hésita-t-elle à le faire ?

— Si j'ai encore besoin de vous, à une occasion ou à une autre, je vous ferai prévenir.

Viève et Hermine avaient disparu dans la salle à manger. Le corridor était vide, mouillé par l'eau qui dégoulinait du vélo. Mme Pontreau se hâta, alors que la visiteuse était encore dans le salon, d'ouvrir la porte de la rue. De la place qu'elle occupait dans le couloir, elle voyait la petite femme noire, le parapluie, le chapeau de travers et en même temps elle devinait la perspective obscure de la route.

D'un geste furtif, elle essuya sa lèvre supérieure où perlaient de très petites gouttes de sueur.

— Au revoir, madame Naquet.

Et Mme Naquet passa devant elle, tête basse, en murmurant des syllabes indistinctes. Mais quand la porte fut refermée, quand la bonne femme se sentit dehors, dans la pluie froide, elle éleva le ton et finit par crier :

— Quand je voudrai, je les aurai, les cent mille, distinguait-on. Et ce ne sont pas ses airs de princesse...

Elle marchait, le parapluie fermé, pataugeant de ses grands pieds dans les flaques d'eau. Lorsqu'une silhouette d'homme sortit de l'ombre, elle l'apostropha à son tour :

— Et toi, laisse-moi tranquille, tu entends, moins que rien ? Je ferai mes affaires moi-même, quand il me plaira, comme il me plaira !

Une fenêtre s'ouvrit à une maison basse, car les gens avaient perçu des éclats de voix. Mme Naquet se tourna de ce côté et poursuivit :

— Qu'est-ce que vous me voulez, là-dedans ? Est-ce que je n'ai pas le droit de parler ? Vous viendrez tous me lécher les pieds, oui, tous, comme vous les léchez aux gens riches...

Elle ne s'arrêtait pas. Elle maniait son parapluie comme une canne. Elle ne s'apercevait pas que la pluie la détrempait et quand elle passa devant chez Louis elle parlait toujours, pour tout le monde, comme les ivrognes.

Quelques instants plus tard, Gérard entrait à l'auberge et s'asseyait près du poêle, sans rien dire.

— Une fillette de blanc ? fit Louis, qui la lui apporta d'autorité.

Il n'y avait presque personne, seulement deux maçons engourdis dans un coin. Louis en profita pour se pencher sur son pensionnaire.

— Eh bien ! vous avez l'argent ?

Il y avait quinze jours que Noirhomme ne

payait plus et sur ces deux semaines il n'avait pas fait trois journées de travail au four à chaux. Louis lui avait présenté sa note, la veille. Et tout le monde savait, à Nieul, qu'il y avait eu une scène tumultueuse dans la bicoque de la Naquet. De la route, on avait entendu des éclats de voix et même des chocs comme si on se battait. Gérard était parti en claquant la porte. Il avait des égratignures au visage.

— N'ayez pas peur. De l'argent, vous en aurez.

— C'est que c'est demain la fin du mois.

L'autre vida son verre d'un trait et laissa peser sur l'aubergiste un drôle de regard.

— Compris ! dit-il simplement. Donnez-moi autre chose à boire, un grog, par exemple.

Il y avait de la sciure de bois par terre. Le billard était recouvert de sa housse en toile cirée. Les deux maçons somnolents attendaient le dernier autobus pour La Rochelle et ils n'avaient même pas le courage de parler. Il faisait lourd, à cause du poêle et de l'humidité. Les tables suintaient.

Il était un peu plus de huit heures, quand Gérard se glissa dehors.

— Qu'est-ce qu'elle voulait, maman ?

On ne reconnaissait pas Gilberte, en dépit des médicaments qu'elle prenait avant chaque

85

repas. Ce n'était pas tant qu'elle eût maigri. Malgré tout, elle restait plus boulotte que ses deux sœurs.

Physiquement, il n'y avait guère de changé que son regard, le cerne des paupières et la coloration des joues et des lèvres.

Ce qui frappait, ce qui inquiétait, c'était sa langueur qui donnait l'impression qu'elle s'effaçait peu à peu.

Des journées entières, elle restait étendue sur le canapé vert et c'est à peine si elle parlait, si elle répondait aux questions. Au moindre mouvement elle était lasse, vraiment lasse, au point qu'on la voyait pâlir.

Et jamais elle ne faisait allusion à son mari. Pas une seule fois on ne lui avait entendu prononcer le nom de Jean Nalliers. N'était-ce pas la preuve qu'elle y pensait sans cesse ?

Elle était la première à reconnaître au bout du chemin le pas de Mme Naquet et maintenant enfin elle pouvait demander :

— Qu'est-ce qu'elle voulait, maman ?

— Etre payée.

Hermine mettait la table et les jours pouvaient succéder aux jours sans que rien fût négligé dans l'ordonnance de celle-ci. Viève changeait ses chaussures contre des pantoufles.

— Je ne comprends pas pourquoi elle n'est pas venue plus tôt.

— Parce qu'elle est folle !

86

— Elle est partie en parlant à voix haute.

— C'est bien la preuve de sa folie. Nous n'avons pas à nous occuper d'elle.

Et Mme Pontreau regardait ses filles l'une après l'autre, puis regardait les murs comme pour s'assurer qu'elles étaient à l'abri, bien au chaud, dans la maison aux portes fermées. Ses yeux s'arrêtèrent plus longtemps sur le visage de V, ve et elle fronça les sourcils car elle pressentait confusément quelque chose.

— Tu as encore mis du rouge à tes lèvres, dit-elle.

C'était vrai. Et par surcroît ce rouge, sous les baisers d'Albert, s'était étendu. Le regard de Vève était brillant. Qu'est-ce que sa chair avait d'anormal ? Rien de précis. Et pourtant on devinait l'étreinte, dans l'ombre, dans la pluie.

Mais Mme Pontreau n'insista pas et elle se servit de soupe la première, selon le rite, puis servit chacune de ses filles en commençant par l'aînée.

Quand elles se levèrent de table, Hermine déclara qu'elle avait sommeil et qu'elle voulait se coucher aussitôt. Vève avait une paire de bas à ravauder et s'assit près de la lampe tandis que Gilberte reprenait sa place sur le canapé vert. Il faisait très chaud dans la pièce. On n'entendait que le crépitement de la pluie sur le chemin et le ronflement du poêle à chaque rafale.

— Il faudra faire réparer la gouttière, dit Mme Pontreau.

Et, mettant ses lunettes, elle passa près d'une heure à compulser ses livres de comptes. De temps en temps elle levait la tête, tendait l'oreille. Elle devinait quelque chose d'anormal dans la maison. Soudain elle se leva et, sans rien dire, monta au premier étage, entra brusquement dans la chambre d'Hermine.

Celle-ci n'avait pas eu le temps de cacher le journal hebdomadaire des familles qui était ouvert sur la table, pas même de le refermer. Et sa mère s'avançait, se penchait sur les pages vertes réservées aux petites annonces.

Au-dessus de la deuxième colonne, il y avait comme titre, en lettres grasses : *Mariages*.

Or, la bouteille d'encre violette était sur la table, ainsi qu'une plume mouillée. Mme Pontreau ouvrit le tiroir où elle ne trouva rien, changea le journal de place et découvrit ainsi une lettre commencée.

Monsieur,

C'est la première fois que je me décide à une démarche de ce genre, mais le texte de votre annonce me fait croire que nous pouvons nous entendre. J'aime beaucoup les enfants. J'ai trente ans. Je suis grande, en bonne santé, d'un physique agréable et

j'ai reçu une très bonne éducation bour-
geoise.

Je ne verrais pas d'inconvénient à chan-
ger de région et à vivre dans l'Est où...

Mme Pontreau parcourut les annonces en laissant courir son doigt sur la page. Elle trouva :

Mons. veuf 2 enf. bon. sit. hon. hab.
l'Est cherch. en v. mar. j. f. Bon. fam. sit.
en rap. si pas sér. s'abst.

Avant d'écrire, Hermine avait retiré sa robe et elle se tenait debout près de la table, en combinaison de toile blanche, les jambes nues et blêmes.

— Tu veux nous quitter ? dit simplement sa mère.

Ces mots suffirent à la faire fondre et elle se précipita dans les bras de Mme Pontreau, le visage inondé de larmes, tout le corps secoué par des sanglots.

— Non, maman !... maman... maman...

Elles étaient de même taille, mais la mère donnait l'impression d'être aussi solide qu'une tour. Son regard fixait le vide, par-dessus l'épaule de sa fille.

— Je ne sais pas ce qui m'a pris ! Pardon, maman...

Et les sanglots éclataient avec violence dans

la chambre mal éclairée où le lit avait été ouvert.

— Va dormir, maintenant.

— Non ! cria Hermine avec terreur. Ne me quitte pas, maman ! J'ai peur...

Alors Mme Pontreau la repoussa doucement, lui releva la tête.

— Peur de quoi ?

Viève eût pu pleurer ainsi, s'abandonner à un si intense chagrin. Mais Hermine avait trente ans. Elle n'avait rien de fragile et jamais on n'eût pu se douter qu'elle ressentait des émotions quelconques.

Les larmes lui allaient mal, surtout dans la tenue où elle était, dans ce déshabillé sans coquetterie, les cheveux à moitié défaits.

— J'ai peur ! Je ne sais pas...

Sa mère la regarda dans les yeux et les sanglots cessèrent tout à coup tandis qu'Hermine détournait honteusement le regard.

— Peur de quoi ?

— De rien ! Je le jure !

Elle criait ces mots comme pour échapper à une terrible accusation.

— Ne parle pas si fort. Ce n'est pas la peine que tes sœurs entendent... Tu as encore peur, maintenant ?

— Je ne sais pas...

La chambre était petite et les deux femmes étaient grandes. Elles ne pensaient pas à s'asseoir. Mme Pontreau était aussi pâle que sa fille.

— Tu es sûre que tu n'as plus peur ?

Et les regards étaient tellement chargés de drame qu'ils ne concordaient pas avec les paroles prononcées. Peut-être celles-ci avaient-elles un autre sens ?

— Près de ta mère, tu n'as pas besoin d'avoir peur, tu entends ?

Le visage d'Hermine se refermait déjà.

— Oui, maman.

— Est-ce que je ne vous ai pas bien élevées ? Est-ce que je n'ai pas tout arrangé quand votre père est mort ? Avez-vous jamais eu faim ? Avez-vous dû quitter la maison ?

Et quand elle disait « la maison », elle regardait les murs, malgré elle, ces murs qui constituaient les frontières de la famille, mieux que ses frontières : ses fortifications !

— Est-ce que tu vas dormir, à présent ? Est-ce que tu enverras cette lettre ?

— Non, maman !...

— Est-ce que je peux compter sur toi ?

— Oui, maman.

— Alors, dors ! Demain, je te parlerai sérieusement, car tu es la seule à pouvoir comprendre... Il faut en effet que quelqu'un se marie, mais c'est Viève...

Hermine leva des yeux étonnés. Sa mère n'était déjà plus disposée à parler.

— Bonsoir, Hermine.

91

Il y eut le baiser sur le front de tous les soirs.

— Couche-toi...

Quand sa fille fut étendue dans les draps, les yeux rouges, les joues encore humides, Mme Pontreau se pencha et, pour la première fois depuis des années, borda la couverture.

— Dors...

Elle descendit avec calme et ses autres filles, dans la salle à manger, interrogèrent en vain son visage.

— Hermine a pleuré ? questionna Viève.

— Qui t'a dit cela ?

— Je croyais avoir entendu...

— Il ne faut pas croire.

Et ce fut tout. Mme Pontreau se plongea dans ses comptes. Viève enfila un morceau de coton beige et Gilberte continua à regarder le plafond avec une terrible indifférence.

6

L'homme fut vraiment traqué dans le triangle, comme si les murs, ceux de l'église, ceux du bureau de poste et ceux de la maison du docteur s'étaient avancés vers lui, implacables, dans la solitude nocturne du village.

Il était un peu plus de minuit. La pluie avait cessé ou plutôt il n'y avait plus que des gouttelettes espacées que la bourrasque emportait horizontalement. Le vent arrivait par la route de La Rochelle, traversait la place où la seule lumière était celle de chez Louis, puis il semblait obliquer, comme les autos, pour s'engouffrer dans la rue étroite qui était le cœur du village.

Louis faisait des piles de pièces de monnaie qu'il enfermait dans des rouleaux de papier et sur chacun il marquait un chiffre. Il n'y avait pas d'autre bruit que celui du vent. Mme Louis était couchée. Il ne restait qu'à fermer les volets et à rentrer le tuyau de la pompe à essence.

Louis avait l'habitude d'être le dernier homme éveillé dans le pays et il faisait tranquillement son travail, sans se presser, savourant la joie d'être seul.

Quelqu'un bougeait, pourtant, dans le village, juste à côté du triangle formé par l'église, le bureau de poste et la maison du docteur. Une femme se retournait pour la troisième fois dans son lit, mal à l'aise, et se décidait enfin à s'éveiller tout à fait.

— Tu n'as rien entendu ?

Son mari grogna et, rejetant la couverture, la receveuse des postes posa ses pieds nus sur le plancher froid, marcha vers la fenêtre.

Dans son sommeil, elle avait entendu un

bruit anormal. Or, il se passait vraiment quelque chose d'anormal, mais qui n'avait aucun rapport avec le bruit.

Le bureau de poste, en face d'elle, n'avait pas de volets, car les fenêtres étaient munies de barreaux. Derrière la dernière fenêtre, une lueur s'agitait, s'éteignait, renaissait, aussi pâle qu'un rayon de lune.

— Jules !... Lève-toi... Il y a quelqu'un...

Le sommier grinça derrière elle et les pieds de son mari prirent contact avec le sol. Comme la vitre était embuée, la receveuse ouvrit la fenêtre, lentement, avec l'espoir de ne pas faire de bruit.

Il y eut un craquement quand même. La lueur s'immobilisa, dans le bureau de poste, puis s'éteignit. L'instant d'après, on entendait le vacarme d'une chaise renversée, puis des pas sur les dalles de la partie réservée au public, de l'autre côté des guichets.

Ce fut instinctif : la femme cria de toutes ses forces :

— Au voleur !... A l'assassin !... Arrêtez-le !...

Car de sa fenêtre elle voyait l'angle de la rue où se trouvait la porte et une longue silhouette d'homme s'y dessinait soudain.

— Au voleur !... Arrêtez-le...

C'était son bureau qu'on cambriolait, l'argent de sa caisse que l'homme emportait !

— Au voleur !

La camionnette de l'épicier de Marsilly,

dont la bâche battait dans la tempête, s'en revenait de La Rochelle, tournait sur la place, comme le vent, passait devant les fenêtres éclairées de chez Louis et s'enfonçait dans la rue étroite.

— Au voleur ! Arrêtez-le !

L'épicier revenait du cinéma, avec sa femme. Il entendit le cri, malgré le bruit du moteur, vit une forme sombre qui courait devant lui. Son idée fut peut-être de couper la retraite au fuyard en se mettant devant lui ? Toujours est-il qu'il donna un brusque coup de volant, juste en face de l'église, et que l'aile gauche de la voiture heurta un corps.

L'auto fit encore quelques mètres sur la route glissante.

La femme de l'épicier murmura :

— Il est peut-être armé ?

Si bien que son mari resta un bon moment à épier l'homme étendu, inerte, avant de s'en approcher. Louis, qui fermait ses volets, n'avait presque rien entendu, rien qu'une voix lointaine et le grincement d'un coup de frein. Pourtant, il regardait, de loin, et l'épicier lui cria :

— Viens par ici !

Dans les maisons basses, les gens dormaient sans se douter de ce qui se passait. Louis arriva en même temps que le mari de la receveuse. L'épicière était restée seule dans la camionnette, au beau milieu de la route, pendant qu'on sonnait à la porte du médecin.

— C'est Gérard, avait dit Louis en regardant l'homme évanoui. Où était-il ?

La receveuse, un manteau jeté sur sa tenue de nuit, avait déjà inspecté le bureau de poste.

— Il était en train de fracturer le coffre-fort, annonça-t-elle. Il a mis un de ces désordres...

— Qu'est-ce qu'il y a ? demanda le docteur Durel de son seuil.

— Il doit être blessé...

— Amenez-le.

Quand on souleva le corps, Gérard gémit, mais n'ouvrit pas les yeux.

— Portez-le dans mon cabinet... Doucement...

Le médecin n'avait passé qu'un pantalon et une chemise, mais cela n'avait pas d'importance, car on vivait en dehors de la vie normale.

— Allumez le réchaud, à tout hasard, et mettez de l'eau à bouillir.

Ce fut la receveuse qui s'en chargea, tandis que Durel examinait le blessé. Son pantalon et sa veste étaient boueux, déchirés, et des morceaux de tissus étaient collés à la peau par du sang.

— Je n'allais pourtant pas vite, affirma l'épicier qui préférait ne pas regarder.

Le mari de la receveuse proposa de téléphoner à la gendarmerie de La Rochelle.

— Dites-leur d'amener une ambulance, lui cria le docteur qui, déshabillant Gérard, découvrait d'assez vilaines plaies.

Louis alluma une cigarette et s'assit sur le rebord de la table. Il avait sommeil, mais il devait rester jusqu'au bout. On vit entrer timidement l'épicière qui avait peur, seule dans la voiture. Le réchaud à gaz chuintait. La vapeur montait du récipient d'eau.

— Donnez-leur un coup de rhum, dit le docteur à Louis, en désignant les deux femmes. Il doit en rester sur la cheminée de la salle à manger...

Car il régnait une familiarité exceptionnelle. Des ciseaux à la main, le médecin déshabillait lentement le blessé qui avait ouvert les yeux et qui regardait le plafond.

Quand l'auto de la gendarmerie arriva, une demi-heure plus tard, Gérard était nu, mais Durel lui avait mis une serviette sur le bassin. La poitrine était maigre, les côtes saillantes. On voyait en brun plus sombre la trace de l'ouverture de la chemise, juste au-dessus d'un des tatouages qui représentait une charmeuse de serpents.

La receveuse expliqua son histoire, dans le salon d'attente, et l'épicier approuvait de la tête. Le docteur vint ensuite, manches retroussées.

— Vous feriez mieux de le conduire à l'hôpital. La patte droite est fracturée en deux endroits. Il a des côtes défoncées et je crains des complications.

C'est à peine si deux fenêtres s'ouvrirent quand on transporta le blessé dans la voiture d'ambulance. L'épicier promit d'aller à La Rochelle le lendemain et remit en marche sa voiture dont la capote claqua à nouveau le long de la route. L'ambulance démarra plus bruyamment, faillit mal prendre son tournant. Louis dit au revoir à la ronde et rentra chez lui, sans se presser, ferma à clef le tiroir-caisse qui était resté ouvert et se glissa dans son lit, près de sa femme.

— Qu'est-ce qu'il y a ? demanda-t-elle.

— Rien. Je te raconterai cela demain. Dors.

Tous ceux qui avaient dormi sans se douter de rien apprirent l'événement et allèrent contempler la serrure du bureau de poste qui avait été forcée. On s'attendait à voir la mère Naquet et à la plaisanter sur son étrange amoureux, mais c'était le jour où elle faisait le ménage du comte de Charelles.

Vers dix heures, les gendarmes vinrent chez Louis et pénétrèrent dans la salle des banquets, où ils s'enfermèrent avec l'aubergiste. Le médecin dut interrompre ensuite sa consultation pour les recevoir.

Il y avait de la surexcitation dans l'air, mais

une surexcitation plutôt agréable. Viève était passée comme d'habitude, à huit heures vingt, pour aller prendre son travail à La Rochelle.

Et dans la maison grise on ne savait pas ce qui s'était passé. Hermine avait remarqué que les gens se tenaient sur les seuils et regardaient dans la direction de la place. On avait vu des gendarmes en vélo.

— Il y a eu un accident, sans doute, se contenta de dire Mme Pontreau.

Et dans le matin gris qui déversait sa lumière par les fenêtres, la mère et la fille faisaient leur ménage, comme chaque matin, cependant que Gilberte avait pris place sur le canapé vert.

Déjà ceux-là mêmes qui, chez Louis, voyaient Gérard chaque jour, avaient de la peine à se le représenter tel qu'il était. Il était soudain très loin d'eux, très différent de tous les hommes qu'ils connaissaient. On ne savait même pas s'il avait été conduit à l'hôpital ou à l'infirmerie de la prison. Le bruit courait que c'était un cambrioleur professionnel, qu'il avait subi trois condamnations.

Louis restait discret. Il servait à boire. Il écoutait. Il répondait, mais sans rien trahir de ses conciliabules avec les gendarmes.

Il était trois heures de l'après-midi et il recommençait à pleuvoir quand arriva l'auto bleue de la gendarmerie, et cette fois, c'était le capitaine lui-même qui était à l'intérieur. Il ne s'arrêta pas chez Louis, ni au bureau de poste, mais devant la maison du docteur. Dans la première pièce, une douzaine de personnes attendaient leur tour.

Le capitaine attendit aussi, debout, que la consultation en cours fût terminée, puis entra dans le cabinet de Durel. L'instant d'après, les deux hommes en sortaient et se dirigeaient vers l'appartement du médecin, au premier.

— Laissez-nous, dit Durel à la domestique qui essuyait les poussières sur le piano.

Son regard était vif. Il voulut servir du porto mais le capitaine refusa du geste.

— Vous disiez ?...

Tous les deux étaient graves. Le salon banal dominait tout à coup. Le village devenait une sorte de quartier général.

— Je suis allé une première fois à l'hôpital vers huit heures. On venait de le mettre dans le plâtre et il avait les traits tirés, les yeux fiévreux. Il m'a demandé s'il allait mourir et je lui ai déclaré, comme me l'avait dit le chirurgien, qu'il avait quatre-vingt-dix chances sur cent de s'en tirer.

— Pas de perforation ?

— Rien ! Il a avoué de bonne grâce qu'il avait tenté de cambrioler le bureau de poste, mais il nie la préméditation. L'idée lui est venue le soir même, parce que Louis lui avait réclamé de l'argent et qu'il n'en avait pas. A ce moment-là, je considérais l'affaire comme à peu près terminée. Or, deux heures plus tard, il m'a fait appeler en affirmant qu'il avait une déclaration importante à faire. J'ai emmené un secrétaire, à tout hasard, et j'ai fait consigner les aveux. Car ce Noirhomme m'appelait pour avouer un autre crime et c'est ici que j'ai besoin de vous. Vous souvenez-vous de la mort de Nalliers ?

Le regard du docteur devint plus aigu, et il revit la Naquet pataugeant dans la boue avec sa robe noire, son chapeau de travers et son énorme parapluie. Il revit Gilberte sur le canapé, sa sœur assise près de la fenêtre, Vièvre qui revenait, mouillée, de La Rochelle et Mme Pontreau qui comptait des billets de banque.

— C'est vous qui avez délivré le permis d'inhumer, je crois ? Il est bien mort d'une chute consécutive à une attaque d'épilepsie ?

— Sans aucun doute.

— Eh bien ! ce Noirhomme prétend que c'est lui qui a tué Nalliers. Ou plus exactement il affirme qu'il est complice. D'après lui, la mère Pontreau l'a rencontré du côté de l'écurie, alors qu'il venait d'avoir une dispute avec le fermier. Elle lui a demandé s'il voulait gagner cinq mille francs et elle l'a emmené dans un grenier où Nalliers était étendu, en proie à sa crise. Ils ont soulevé le corps à eux deux et l'ont fait basculer de l'autre côté de la fenêtre.

101

Personne n'écoutait à la porte. Personne n'avait pu les entendre. Les deux gendarmes qui enquêtaient dans le village n'étaient pas au courant des accusations de Gérard.

Et pourtant, au même instant, chez Louis, un maçon disait :

— Les Pontreau ne doivent pas être tranquilles, à cette heure !

Son interlocuteur, l'adjoint au maire, hocha la tête, sans rien trouver d'invraisemblable à cette affirmation, et un jeune homme qui jouait au billard précisa :

— C'est une affaire qui n'est pas finie !

Le capitaine avait allumé un cigare et accepté enfin un doigt de porto. La fumée montait en spirale dans la grisaille du salon.

— Je dois voir le procureur ce soir, mais je voulais auparavant avoir votre avis. Vous connaissez ces gens ?

Durel fumait, lui aussi, en fixant les verres où un reflet tremblait dans la pourpre du vin.

— Je suppose qu'une autopsie ne servirait à rien ?

— A rien ! dit-il comme un écho.

— Et un interrogatoire de Mme Pontreau ?

Durel eut un sourire imperceptible et le regard qu'il laissa peser sur le capitaine semblait jauger celui-ci, le comparer à la femme de la maison grise.

— Vous pouvez toujours essayer.

— Je préférerais attendre d'avoir des

indices plus sérieux. Néanmoins, dès à présent, si Noirhomme maintient ses déclarations, une information doit être ouverte.

Les malades attendaient toujours, en bas, et ils n'entendaient du bruit que quand un des deux hommes, au-dessus des têtes, changeait un pied de place.

— Qu'est-ce que vous pensez ? demanda le capitaine en voyant le docteur sombrer dans une lourde rêverie.

— Je pense qu'il y a quelque chose qui ne va pas.

— Que voulez-vous dire ?

— Je ne sais pas. Il y a toujours eu là-dedans quelque chose qui n'allait pas. Je l'ai senti quand Nalliers est mort. Pourtant ce que vous me racontez maintenant ne va pas non plus...

— Pourquoi ? Si cette femme était vraiment aux abois...

— Vous la verrez. Et vous me direz si vous pouvez l'imaginer dans l'écurie, faisant des propositions à un valet.

— Gérard Noirhomme aurait tué tout seul ?

Non ! Durel ne pouvait pas répondre. D'ailleurs, ses pensées étaient beaucoup trop vagues. C'était plutôt un malaise, la sensation désagréable de se débattre dans une matière molle et fuyante.

— Je verrai d'abord le procureur, soupira le

capitaine en se levant. Il vaudrait mieux que cette histoire ne s'ébruite pas.

Comment la femme qui lavait la vaisselle chez Louis, toutes les après-midi, pouvait-elle affirmer au même instant :

— Il y a quelque chose entre Mme Pontreau et la Naquet. Hier, la Naquet est allée chez les quatre femmes et, quand elle en est sortie, elle avait dix mille francs dans son sac...

Louis, qui écoutait, ne dit rien, mais sa femme questionna :

— Comment le sait-on ?

— Sans doute parce qu'on a vu les billets. Le père Nalliers savait bien ce qu'il disait, à l'église, le jour des obsèques !

L'auto du capitaine traversa la place sans s'arrêter et s'engagea sur la route de La Rochelle. Le docteur reprit ses consultations.

On avait allumé les lampes, fermé les persiennes. La porte de l'église était ouverte et on apercevait un grand trou noir où scintillaient quatre cierges. Seule dans l'ombre une vieille femme attendait devant un confessionnal.

C'était l'heure où la banque fermait, à La Rochelle, dans la rue où brillaient les feux des étalages. Du comptoir de la librairie où elle venait de vendre un livre d'images, Viève vit Albert Leloir qui sortait avec ses compagnons et qui lui adressait un petit signe de tête.

Il allait au café, en attendant six heures. Il conduisait son vélo à la main.

Le procureur prenait le thé chez un armateur où quelques dames étaient réunies, et disait pour prendre congé :

— Vous m'excuserez, mais je dois voir le capitaine de gendarmerie pour une affaire étrange.

— A La Rochelle ?

— A Nieul.

A l'hôpital, Gérard Noirhomme était couché, le corps raidi par le plâtre et, quand l'infirmière passait dans le champ de son regard, il la suivait des yeux, forme blanche et grassouillette, sans pouvoir tourner la tête.

Il était calme. On avait dû lui raser la tête pour soigner des blessures superficielles qu'il portait au cuir chevelu.

A cinq heures, la mère Naquet rentra chez elle sans avoir parlé à personne, alluma la lampe et, débarrassée de son chapeau, alluma du feu dans la cheminée, traversa la cour pour puiser de l'eau au puits.

La pluie fine détrempait tout, plus pénétrante depuis que le vent était tombé. Sans sortir de la maison, la Naquet voyait l'épicerie d'en face, où l'on vendait aussi des légumes et où trois femmes discutaient.

— Tu crois ? dit Hermine avec surprise, répondant à une phrase de sa mère qui venait de s'asseoir et de mettre ses lunettes.

Il s'agissait de Viève. Comment en étaient-elles arrivées à parler d'elle ? On avait encaustiqué la salle à manger. Gilberte avait remarqué que l'odeur lui rappelait celle des bois de sapin.

Et Mme Pontreau avait dit :

— Il faudra que l'on fasse radiographier Viève.

— Pourquoi, maman ?

— J'ai peur qu'elle n'ait pas les poumons très forts.

Une de ses nièces était morte de tuberculose et elle se souvenait de l'éclat particulier de ses yeux, de l'animation de ses pommettes, d'une façon d'être qui rappelait Viève.

— Elle n'a jamais toussé, remarqua Hermine. Et pourtant elle fait la route par tous les temps.

La conversation dévia encore.

— Elle ne la fait peut-être pas seule, soupira Mme Pontreau.

Elle ne savait rien de précis. Elle avait remarqué plusieurs fois qu'à son retour, le soir, Viève était fiévreuse, qu'elle ne regardait pas sa mère en face, qu'elle rougissait si on l'observait. Et il y avait aussi ces lèvres trop pourpres, comme écrasées par les baisers.

En outre, elle n'était jamais essoufflée, comme on l'est après une longue course.

— Je lui ai pourtant interdit d'aller danser à la *Pergola* ou au *Café Français*.

106

Le bruit des conversations du dehors ne parvenait pas jusqu'à elles. A cette heure-là, chaque maison, portes et volets clos, était étanche.

Hermine mouillait un bout de fil entre ses lèvres et élevait une aiguille vers la lampe. Gilberte, en apparence, suivait cette lente conversation et pourtant, soudain, elle articula, à bout de patience :

— Qu'est-ce qui peut bien se passer ?

Sa sœur tressaillit et la regarda furtivement, comme si ces mots eussent coïncidé avec ses préoccupations. Mais Mme Pontreau, sans lever la tête, prononça calmement :

— Que veux-tu dire ?

— Les gendarmes sont passés trois fois. Tout à l'heure, deux femmes se sont arrêtées.

— Où ?

— Je ne sais pas. J'ai les nerfs à fleur de peau. J'entends tous les bruits. Donne-moi un verre d'eau, Hermine...

Elle avait chaud. Elle respirait mal. Elle ne savait pas ce qu'elle voulait, ni même ce qui la rendait malade. Peut-être était-ce la vue des gendarmes, les mêmes qui étaient venus à la Pré-aux-Bœufs ? Elle était aussi sombre et aussi molle que Nalliers quand, les sourcils froncés, la bouche amère, il allait et venait, mécontent, tourmenté, malade, les pieds dans des pantoufles ridicules, sans autorité sur les hommes de la batteuse, ni sur les femmes de

107

la maison, sans goût, sans espoir, déjà presque sans vie.

— Si tu le voulais vraiment, dit sa mère, tu te raisonnerais et tu ferais quelque chose. C'est à ne rien faire que tu te rends malade !

Gilberte ne répondit pas. Elle ne regarda même pas sa mère, mais sa sœur qui lui tendait le verre d'eau. Il lui sembla que le regard d'Hermine fuyait le sien.

— Je voudrais qu'on fasse réparer le volet de ma chambre, car il bat toute la nuit.

— Ils ont tous besoin de réparation. Bluteau demande mille francs pour les remettre à neuf.

Viève et son amoureux roulaient côte à côte sur la route lisse.

— Il y a eu un cambriolage chez toi cette nuit, dit-il.

— Chez moi ?

— Enfin, dans ton village. Il paraît que c'est une affaire compliquée.

Viève ne dit rien. Cela lui était égal. Elle avait un peu mal à une cheville qui avait heurté la pédale.

— Tu viens demain ?

— C'est vrai que c'est dimanche ! J'essayerai.

— Tu n'as qu'à dire à ta mère que tu vas au cinéma.

Et sur une centaine de mètres, il roula avec une main sur l'épaule de sa compagne.

Le procureur regardait machinalement le capitaine de gendarmerie assis de l'autre côté du bureau. Entre eux, il y avait l'abat-jour vert de la lampe.

— Evidemment ! soupirait-il de temps en temps comme si ce mot eût répondu à ses pensées.

Il était ennuyé. Le capitaine attendait une décision.

— Eh bien ! il n'y a rien à faire d'autre. Voyez ce qu'il y a de vrai là-dedans !

Mme Pontreau, qui lisait le journal, tressaillit, tendit l'oreille, se précipita vers la porte. Viève était déjà sur le seuil, portant son vélo, et sa mère fouilla en vain l'obscurité alentour.

— Tu étais seule ?

— Pourquoi demandes-tu cela ?

Et la porte se referma.

7

Quand Viève sortit, à huit heures du matin, le village avait son aspect normal. Il ne pleuvait plus. Les vents s'étaient mis au nord et, pour la première fois, Viève sentit les picotements du froid d'hiver. Toutes les taches de pluie n'étaient pas encore effacées. Il y en avait de grandes plaques, irrégulières comme des cartes de géographie, en face de chez Louis.

Au débouché du premier chemin, Viève aperçut la fille du boulanger qui allait en vélo à La Rochelle, où elle suivait un cours de sténographie. Elle la rejoignit en quelques coups de pédales comme d'habitude.

— Bonjour, Germaine, dit-elle. Il fait froid.

Il n'y eut pas de réponse. Le visage de Germaine ne se tourna pas vers Viève. Le vélo continua sa course à une allure décourageante de régularité.

— Qu'est-ce que tu as ? Tu es fâchée ?

Germaine avait un gros nez à bout rond, que son air renfrogné mettait en valeur.

— Tant pis pour toi ! Tu es laide comme un pou ! s'écria Viève en se dressant pour pousser son vélo, qui gagna une centaine de mètres.

Cela lui valut d'arriver cinq minutes trop tôt à la librairie et elle attendit devant les volets clos tandis que la rue du Palais se préparait au commerce quotidien.

La porte de la maison grise s'ouvrit une seconde fois vers neuf heures et quart et Mme Pontreau, tout en noir, descendit les marches et se dirigea vers la place. Elle avait à son corsage sa grosse broche en or et elle

110

portait un sac en drap noir qui lui servait de filet à provisions.

Le village était déjà plus vivant qu'au passage de Viève. A côté de chez Louis, des charretiers déchargeaient du ciment devant une maison que le propriétaire surélevait d'un étage. Quatre personnes attendaient l'autobus en face de l'auberge.

Mme Pontreau remarqua-t-elle le mouvement de recul qui se produisit à son arrivée ? Les quatre personnes, trois femmes et le mari de la receveuse, regardèrent obstinément ailleurs après avoir fait quelques pas vers le bord du trottoir.

Cela n'empêcha pas Mme Pontreau de monter la première dans l'autobus, comme si c'eût été un droit acquis. Elle prit la meilleure place, tout au fond, et pendant le trajet elle fixa les vitres embuées, derrière lesquelles on distinguait à peine le dos du chauffeur. Le linoléum était encore mouillé.

Pas un mot ne fut prononcé jusqu'à La Rochelle où l'autobus s'arrêta sur la Place d'Armes.

A mesure que le jour s'avançait, le ciel était plus blanc et plus froid. A cent mètres de la place, Mme Pontreau entra chez son notaire et s'adressa au clerc installé derrière une balustrade.

— Monsieur Ballu est-il ici ?

— Je vais voir.

Donc, il était là ! D'ailleurs, le clerc frappa avant d'entrer dans le bureau du notaire. Il resta quelques instants absent, revint l'air ennuyé.

— On me dit qu'il vient de sortir.

Mme Pontreau l'observa durement, les lèvres un peu étirées, mais elle se contenta de murmurer :

— Très bien.

Alors elle se dirigea vers la place du marché. C'était son jour. Elle n'achetait rien à Nieul, car les gens du village n'avaient pas besoin de savoir ce qu'elle mangeait. Et c'est pourquoi elle avait confectionné ce grand sac en drap noir qui était plus discret et plus distingué qu'un sac de ménagère.

— A combien sont les choux ?

Quelqu'un qui passait près d'elle et qu'elle ne connaissait pas se retourna pendant que la marchande, à qui elle achetait des légumes chaque semaine, regardait autour d'elle avec embarras.

— Emile !... Emile !...

Elle appelait son mari, à qui elle lança :

— Sers-la donc, toi !

Un rang de paniers plus loin, il y avait un groupe de six femmes qui parlaient à voix basse en épiant Mme Pontreau.

— C'est un chou que vous voulez ? questionna Emile.

— Je vous en prendrai quand vous serez plus poli.

Elle s'éloigna et, au coin de la rue du Minage, entra dans l'épicerie où elle se fournissait depuis plus de dix ans. Les trois vendeuses en tablier blanc la connaissaient ainsi que la patronne qui tenait la caisse.

L'entrée de Mme Pontreau suffit à leur enlever à toutes, y compris aux deux clientes, leur air naturel.

— Vous me donnerez un kilo de sucre, un kilo de haricots blancs et deux boîtes de sardines, les mêmes que la dernière fois.

La vendeuse, à peine âgée de dix-huit ans, paraissait sidérée et elle se tourna vers la patronne comme pour lui demander conseil.

— Je viendrai prendre les paquets tout à l'heure.

Elle n'avait pas encore bronché. Dans la rue, elle marcha de son pas égal, vit des gens qui achetaient *La Petite Gironde* à un kiosque et qui lisaient aussitôt un article de la première page.

— *La Petite Gironde*, demanda-t-elle à son tour.

Elle n'ouvrit pas le journal sur place. La marchande de journaux avait fait signe à ses clients. Et Mme Pontreau s'éloignait, toute droite dans ses vêtements noirs, son sac à provisions à la main. Elle marchait un peu plus vite, bien qu'elle eût encore une heure devant elle avant le départ de l'autobus. Elle passa sans s'arrêter en face de la charcuterie où elle devait acheter du saindoux, et quand elle fut passée la charcutière vint sur le seuil pour l'observer.

Mme Pontreau avait toujours le journal plié à la main. Elle essaya de lire un titre et déchiffra vaguement :

Une mystérieuse affaire près de La Rochelle

Soudain elle tourna à droite, dans une rue bordée de vieux hôtels provinciaux, franchit la grille du troisième et traversa une jolie cour au sol couvert de gravier. Il n'y avait que deux vieilles femmes et une gamine dans un ancien salon que des guichets avaient transformé en Caisse d'Epargne. Mme Pontreau était une habituée. On la connaissait. Elle avait son carnet avec elle.

— Je voudrais tout retirer, dit-elle de sa voix la plus naturelle.

Elle avait posé le journal sur la planchette d'appui, près du guichet, et elle essayait toujours de lire.

— Il faut que je demande si on peut vous payer tout de suite.

La demoiselle de la Caisse d'Epargne, elle aussi, avait manifesté une hâte fébrile. On l'entendait chuchoter au fond de la pièce, avec

114

le directeur qui occupait une petite table à part, près du poêle.

A la suite d'un cambriolage commis au bureau de poste de Nieul-sur-Mer, il semble qu'une affaire d'une autre envergure soit sur le point d'éclater à...

— Je vais vous remettre dix mille francs, annonça la demoiselle. Voulez-vous signer ici ?

Il y avait parfois un pâle rayon de soleil mais il était aussitôt résorbé dans la blancheur du ciel. Quand Mme Pontreau sortit, elle avait dix billets de mille francs dans son sac, mais le journal était resté sur la tablette.

Les rues s'animaient, de l'animation particulière aux matins, faite surtout du va-et-vient des camionnettes de livraison et de la procession des ménagères allant de vitrine en vitrine.

Mme Pontreau revint à l'épicerie où la vendeuse la regarda d'un air affolé.

— Ce n'est pas prêt ?

— Pas encore, dit l'épicière, de la caisse. Si vous pouvez repasser d'ici un quart d'heure...

Mme Pontreau n'avait encore rien acheté. Autour du marché, rue Saint-Yon et rue du Palais, chacun la connaissait. Elle marcha plus vite, gagna le fond du port où s'alignaient des boutiques qu'elle avait toujours méprisées. Elle acheta deux choux, du saindoux, une livre de margarine et des sardines.

— Mettez-moi encore douze boîtes de sardines, commanda-t-elle au moment de partir.

Elle réfléchissait tout en inspectant les rayons.

— Et douze boîtes de viande !

— Il ne m'en reste que dix.

Son regard était de plus en plus fixe, comme si son cerveau eût travaillé activement.

— Attendez ! Cinq kilos de pois cassés...

— Vous pourrez emporter tout ça ?

C'était une pauvre boutique, où l'on n'était pas habitué à de pareilles commandes.

— Cinq kilos de haricots secs.

Le sac se gonfla comme un sac de soldat, avec des angles durs formés par les conserves. Il était lourd mais Mme Pontreau ne parut pas s'en apercevoir.

Elle arriva Place d'Armes juste à temps pour l'autobus, qui ne contenait qu'un couple étranger à la région. Le chauffeur ne détourna pas une seule fois la tête. Quelqu'un avait oublié sur la banquette un numéro de *La Petite Gironde*, mais Mme Pontreau ne fit pas un geste pour s'en saisir.

— C'est bien l'autobus de Charron ? demanda le voyageur.

Elle fit signe que oui et ce fut tout jusqu'à Nieul. Elle faillit trébucher en descendant les marches avec son colis. Elle resta un moment immobile à chercher ce qu'il y avait d'anormal autour d'elle.

C'était surtout une sensation de vide. La grande porte de la forge était ouverte, mais on ne voyait personne s'agiter dans le clair-obscur où virevoltait la fumée verte du foyer. Personne n'entrait à la boulangerie, personne n'en sortait. Il n'y avait pas une âme sur la place et pourtant on devinait, tout proche, un frémissement de vie.

Alors que l'autobus s'éloignait, Mme Pontreau contourna la maison du coin et se trouva sur le chemin de la mer, à deux cents mètres de chez elle. Cinquante personnes, peut-être plus, s'agitaient près de sa maison et un camion gisait, les roues avant tordues, contre le mur blanc d'en face.

Mme Pontreau ne voyait pas ses filles. La porte était fermée. La maison grise était-elle le centre d'attention ? Devant une bicoque, tout près du camion, stationnait la petite auto du docteur et la moitié des curieux, au moins, se groupaient alentour.

Elle s'avançait, elle, de son pas régulier, et elle parvenait à garder les épaules droites malgré le poids des provisions. Petit à petit, tout le monde se tournait vers elle, mais personne ne bougeait et il régnait un silence de catastrophe.

Ce qui était difficile à comprendre, c'était le camion contre le mur, et surtout l'auto du médecin devant la bicoque. Mme Pontreau n'en était plus qu'à dix mètres et elle allait pénétrer dans la foule quand la porte peinte en bleu s'ouvrit. Le docteur Durel resta un moment sur le seuil, les sourcils froncés. Des gens s'approchèrent de lui.

Mais en même temps les regards restaient rivés à la silhouette noire qui s'avançait toujours. Un autre personnage parut derrière le docteur : la Marie, une grosse fille dont le mari travaillait au four à chaux et qu'on voyait toujours, les seins ballottant sous la blouse lâche, les bras nus, les pieds dans des sabots, faisant la lessive, cousant ou épluchant les légumes devant la porte.

Au passage, elle avait l'habitude d'interpeller les commères. Son rire était sonore, ses gestes puissants et vulgaires. Parfois, dépoitraillée, elle se battait avec une voisine qui avait raconté quelque chose sur son compte. Et toujours, derrière ses jupes, trottinaient deux enfants magnifiques, joufflus, fessus, le derrière nu, les yeux bleus et les cheveux blonds.

— Laissez-moi passer... dit-elle en repoussant le docteur.

Mme Pontreau entendit et continua sa marche obstinée.

— On va bien voir si elle continuera à tuer les gens...

Tout le monde, sur le chemin, remua sans

but, sans raison. Des gens s'écartaient pour laisser passer Mme Pontreau. Le petit docteur retenait la Marie avec une force insoupçonnée.

Elle ne pleurait pas, mais ses cheveux étaient aussi désordonnés que la crinière d'un pur-sang, ses yeux fous, sa voix rauque.

— Laissez-moi faire, je vous dis !

Il ne restait que quelques mètres à parcourir et Mme Pontreau semblait mesurer ses pas, calculer le rythme régulier de sa démarche.

Elle avait dépassé la porte bleue. Ils étaient cinq, maintenant, à contenir la femme en fureur.

Au passage, Mme Pontreau devinait, sans bien les voir, des visages pâles, des yeux fixes et cruels. Elle dut poser son sac à provisions sur la quatrième marche pour tirer la clef de son corsage.

La Marie hurlait. On n'entendait même pas les mots. Elle se battait avec ceux qui l'entouraient. Les muscles de ses bras nus saillaient.

La clef tourna. Mme Pontreau reprit son sac, fit deux pas dans l'ombre du corridor et referma l'huis, mit la chaîne, sans voir tout de suite Hermine qui était blottie contre le mur, les lèvres tremblantes, les prunelles affolées.

La Marie avait échappé à ses gardiens. Elle courait, grimpait les marches du perron, donnait de grands coups de poing à la porte et clamait :

— Assassins !... Assassins !... Mais je vous aurai, moi aussi ! Je vous...

On l'entraîna. On ne pouvait pas savoir au juste, à l'intérieur, ce qui se passait dehors. N'étaient-ce pas les gendarmes qu'annonçait une double sonnerie de vélos, du côté de la place ? Le docteur devait s'éloigner, car on reconnaissait le grincement de son débrayage.

— Maman... maman... maman... articulait Hermine qui claquait des dents.

Elle ne disait rien d'autre. Elle semblait être incapable de quitter le mur en faux marbre auquel son dos était collé. Et sa gorge se gonflait sans qu'un sanglot pût en sortir.

— Viens !

C'était la voix de Mme Pontreau, sa voix calme, un peu sèche, de tous les jours. La mère n'oubliait pas le sac noir qu'elle posa comme d'habitude sur la table de la cuisine avant d'entrer dans la salle à manger.

— Où est Gilberte ?

Hermine montra le plafond, et les coudes sur la cheminée, se prit la tête à deux mains.

— Qui a fermé les volets ?

— C'est moi... J'ai eu peur. La voiture du boucher venait de s'arrêter. J'étais sortie pour prendre le pot-au-feu... Un homme que je ne connais pas est descendu de vélo, m'a demandé si j'étais Mlle Pontreau et m'a remis un papier plié. Des gens me regardaient. Un gamin a craché sur ma robe. Je me suis tournée vers lui mais déjà sa mère s'approchait, les poings aux hanches.

Hermine se passa les mains sur le front. Les événements s'étaient déroulés trop vite. Tout d'un coup, il y avait eu trop de monde autour de la boucherie ambulante et tout d'un coup aussi, à cause de ce crachat, l'attitude de la foule avait changé. Des murmures s'étaient élevés.

— Des gens comme ça, on devrait les laisser crever de faim, avait grommelé le bourrelier.

Et Hermine avait reculé. Une pierre l'avait précédée, rebondissant sur le perron. Alors, elle s'était enfermée, avait couru de chambre en chambre fermer tous les volets.

— Maman ! Qu'est-ce que tu fais ?

Mme Pontreau, qui avait retiré son chapeau et son manteau, ouvrait les fenêtres de la salle à manger, repoussait les persiennes et refermait ensuite les fenêtres, cependant que le jour cru entrait violemment dans la pièce.

Dehors, grouillaient des tas de gens, parmi lesquels on distinguait deux képis de gendarmes.

— Attention, maman !

Mme Pontreau, impassible, entrait dans le salon et repoussait les volets, offrant un moment sa personne à la vue des manifestants. Cela suffit à établir le silence, mais un silence trop rigoureux pour être de longue durée. Des cris partirent. Elle leva la tête et montra un visage sans couleur qui avait sa rigidité habituelle sous les bandeaux de cheveux gris.

— Où est Gilberte ? répéta-t-elle en revenant dans la salle à manger.

— Elle a lu le papier et elle s'est enfermée dans sa chambre.

— Quel papier ?

Il était sur la table, un mauvais papier, mal imprimé, à en-tête du Parquet de La Rochelle.

> *Le juge d'instruction Gonnet... vous prie de passer à son cabinet... vendredi 12 à quinze heures... affaire vous concernant...*

— Eh bien ? prononça Mme Pontreau.

Hermine, ahurie, regarda sa mère, désigna un journal déployé qui traînait par terre. Il y en avait vingt, tous les mêmes, dans la boîte aux lettres qui débordait et certains avaient été glissés sous la porte.

> *... s'est accusé de l'assassinat, commis dans des circonstances particulièrement révoltantes, d'un fermier de Nieul... Il a dénoncé sa complice, la propre belle-mère de la victime, qui...*

Hermine pleurait enfin, sans savoir pourquoi. On entendait les gendarmes qui disaient
en essayant de disperser le public :

— Je vous en prie... Cela ne vous avance à
rien... Laissez faire la justice...

— C'était horrible... gémissait Hermine.

— Qu'est-ce qui était horrible ?

— Le gamin... Quand l'auto...

Elle n'osait plus se tourner vers la fenêtre,
tant l'accident l'avait bouleversée. Elle venait
à peine de rentrer. Prise de panique, elle fermait les volets avec des gestes fébriles quand
le camion était arrivé, chargé de paniers de
moules. Le chauffeur avait corné. Les gens,
autour de la boucherie ambulante, s'étaient
garés. Mais un des bébés de la Marie, le plus
petit, le plus joufflu, le plus blond, avait eu
l'idée folle, inexplicable, de traverser le chemin en courant.

Une roue avait passé sur lui, malgré un
coup de volant qui avait envoyé le camion
contre le mur. Tout le monde avait hurlé à la
fois. Il y en avait qui détournaient la tête. Et
c'était la Marie, les bras encore mouillés de
lessive, qui s'était jetée sauvagement sur le
corps écrasé et qui l'avait emporté en courant
pour le mettre à l'abri chez elle.

— Il est mort ? demanda Mme Pontreau,
tête basse.

— Je crois. Le docteur n'a fait qu'entrer et
sortir.

Un képi de gendarme dépassait l'appui de la fenêtre. N'était-ce pas un gage de sécurité ?

— Mets tout de suite les provisions dans l'armoire.

— Mais, maman...

— Je te dis que cela doit être fait immédiatement.

Elle n'avait pas besoin de donner d'explications. Elle se comprenait. C'était important. Pendant qu'Hermine obéissait en reniflant, elle se dirigea vers l'escalier, atteignit le palier du premier étage et voulut ouvrir la porte de la chambre de Gilberte. Elle était fermée à clef.

— Gilberte !

On ne répondit pas. Mme Pontreau secoua l'huis.

— Gilberte ! C'est moi ! Il faut que tu ouvres...

Quelque chose remua à l'intérieur mais il n'y eut pas de réponse.

— Gilberte !

Et Mme Pontreau attendit, les mains croisées sur le ventre. Des secondes, des minutes passèrent. Pourtant, il y avait encore des mouvements indistincts dans la pièce.

— Gilberte ! Il le faut...

Alors une voix affolée, méchante, rageuse, cria :

— Jamais ! Jamais ! Jamais !...

Mme Pontreau resta encore un moment

immobile, le front plissé. Elle poussa un soupir en retirant la broche de son corsage et entra dans sa propre chambre pour changer de robe, comme elle le faisait chaque fois qu'elle revenait de La Rochelle. Elle réfléchissait et, dès qu'elle eut revêtu sa tenue de tous les jours, elle recompta les dix billets de mille francs, écouta à nouveau à la porte de sa fille.

Le second étage n'était constitué que par des greniers et des mansardes. On y accédait par une échelle vernie, aux marches assez larges. Au-dessus de l'échelle, il y avait une trappe qu'il fallait soulever avec ses épaules, comme à la Pré-aux-Bœufs.

Mme Pontreau alla dans le dernier grenier et choisit le plus profond des intervalles qui s'étaient creusés entre les poutres. Avant d'y mettre les dix billets, elle les entoura de papier qu'elle ficela avec un morceau de cordon rose pris à son jupon.

La place de Nieul était toujours aussi nue. Les curieux, refoulés par les gendarmes, formaient un barrage à cent mètres de la maison grise. Parfois une auto passait sans s'arrêter devant chez Louis, en direction de Marsilly ou de La Rochelle. Le docteur était parti à Lauzière où il avait trois malades.

On aurait pu croire qu'il allait geler, tant le ciel était blanc et toutes les couleurs crues dans l'air trop transparent.

Un seul être traversait de temps en temps

125

la place déserte. C'était la mère Naquet, avec son chapeau noir, son parapluie, qui marchait jusqu'à l'angle du chemin de la mer. Là, elle avançait un peu la tête pour voir sans être vue. Elle parlait toute seule. Elle battait en retraite, agitée, comme si elle eût voulu rentrer chez elle, mais bientôt elle faisait demi-tour et venait voir à nouveau.

Louis, qui avait repris sa place à l'auberge, la remarqua, ouvrit la porte vitrée.

— Vous ne voulez pas boire quelque chose ? proposa-t-il à la femme de ménage qui ne l'avait même pas vu.

Elle sursauta, regarda autour d'elle avec effroi et se mit à marcher plus vite, à courir presque, en agitant son parapluie.

La Marie ne pleurait plus, ne menaçait plus. Elle était effondrée dans un coin de la pièce obscure où, près du bassin à lessive encore plein d'eau de savon, le petit mort était étendu dans son lit-cage. L'autre enfant était chez une voisine. On venait d'aller prévenir le mari au four à chaux. On attendait une auto de dépannage pour soulever l'avant du camion qui avait toujours le nez au mur, une camionnette s'était rangée à côté et trois hommes transbordaient les paniers de moules, qui devaient être à la gare avant une heure.

Un seul gendarme était resté. L'autre, enfermé dans la cabine téléphonique, parlait au capitaine.

De la maison grise ne filtrait aucun bruit. On ne voyait pas trace de vie, sinon un peu de fumée qui montait de la cheminée.

Petit à petit, à regret, les gens s'éloignaient parce qu'il était l'heure de manger.

8

A onze heures du matin, le même jour, Viève poussa la porte de la banque et s'arrêta au milieu de l'espace réservé au public, entre les comptoirs en équerre. Une grosse horloge d'émail dessinait un disque d'un blanc irréel sur le brun des boiseries. Quatre employés, de l'autre côté des comptoirs, étaient penchés, de profil, sur des bureaux qu'on ne voyait pas.

Ils levèrent tous la tête quand Viève, à pas irréguliers, se dirigea vers le troisième, Albert Leloir, dont le domaine était surmonté du mot *Escompte*.

— Tu peux venir un moment ? prononça-t-elle en se suspendant à lui du regard.

Il portait un vieux veston gris qu'elle n'avait jamais vu, car il devait le laisser à la banque et l'endosser pour travailler. Après un bref coup d'œil à l'horloge blanche, il désigna la porte du fond.

— Attends-moi au coin de la rue.

Viève attendit une dizaine de minutes, sous les arcades de la rue du Palais. Elle s'était un peu éloignée pour qu'on ne pût la voir de la librairie. Elle venait d'y passer une matinée étrange, étouffante comme un cauchemar. Elle ne savait rien. On ne lui avait rien dit. Et tout le monde, le libraire, sa femme, les deux vendeuses, l'avait regardée avec une gravité mêlée de crainte.

Au point qu'elle avait pensé qu'on l'avait rencontrée avec Albert et qu'on trouvait sa conduite scandaleuse !

Quelqu'un de Nieul était entré et elle avait voulu le servir, mais le client avait, sans mot dire, continué son chemin vers une collègue.

— Mademoiselle Geneviève !

Quand le patron l'appelait au bureau, c'était pour une observation.

— Vous n'avez pas encore pris vos vacances cette année, je crois ?

— J'ai pris trois jours à Pâques, monsieur.

— Prenez donc le reste maintenant.

— Je voulais vous demander huit jours à Noël pour...

— Faites-moi le plaisir de prendre, dès maintenant, tout de suite, une quinzaine de jours de vacances. Nous verrons ensuite.

Elle ne comprenait pas. Elle voyait bien un journal sur le bureau, et un article entouré d'un trait de crayon bleu, mais elle n'établis-

128

sait aucun rapport entre *La Petite Gironde* et cette offre de congé.

— Je vous assure, monsieur, que je ne tiens pas à des vacances et que...

Il s'impatienta.

— Lisez ceci... Je vous laisse un instant. Vous comprendrez vous-même ce que vous avez à faire.

Ce qu'elle avait à faire ? Elle avait couru à la banque. Et maintenant, immobile au bord du trottoir, les doigts crispés sur son sac à main, elle attendait Albert. Elle le vit sortir, regarder autour de lui, puis se diriger vers elle et elle fut un peu réconfortée quand, comme d'habitude quand ils n'étaient pas à vélo, il lui prit le bras.

— Il faut que je t'explique... commença-t-elle.

— Viens par ici. Je suis au courant.

— Tu sais, Albert, je ne veux plus rentrer à Nieul ! J'ignore encore ce que je ferai mais...

Des passants les frôlaient. Ils parlaient à mi-voix. Vième faisait de petits pas précipités pour suivre l'allure de Leloir.

— Tu es libre quelques minutes ? pensa-t-elle soudain à lui demander.

— J'ai pris congé jusqu'au soir.

Ils atteignirent les quais. A certain moment, Vième s'arrêta et serra le bras de son compagnon. Dans une rue transversale, on voyait Mme Pontreau qui sortait d'une petite épicerie avec son sac gonflé de marchandises. Viève tremblait. Leloir, gêné, essayait de l'entraîner.

— Je ferai n'importe quoi, mais je ne veux plus rentrer chez moi...

Des pêcheurs débarquaient des paniers de poisson. La vie suivait son cours paresseux sous un ciel uniformément blanc et sans éclat. Nul ne s'occupait du couple qui déambulait et qui décidait de son existence.

Longtemps Albert marcha tête basse, en réfléchissant, avant de prononcer, les narines frémissantes, le regard plein d'orgueil et d'inquiétude :

— Veux-tu vivre avec moi ?

Elle ne savait pas. Elle avait accroché son bras et quand elle le lâcherait elle n'aurait plus aucun point d'appui.

Ils marchèrent plus vite. Albert habitait chez ses parents, de l'autre côté du pont du chemin de fer. Il laissa Viève près du pont, d'où elle voyait les rails luisants et une locomotive qui fumait toute seule loin de la gare.

Quand il revint une demi-heure plus tard, il déclara :

— C'est fait !

Il était allé chercher de l'argent, quatre cents francs exactement, tout ce qu'il avait obtenu de sa mère en lui disant qu'il s'agissait de l'avenir d'un camarade.

On les vit ensuite dans les petites rues voisines du port et ils finirent par entrer dans le plus sordide des hôtels. Leloir n'avait pas l'habitude de ces sortes de démarches. Il faisait trop de phrases, prenait trop de précautions. Il obtint cependant une chambre à la semaine et, tandis que Viève y montait, il allait acheter de la charcuterie et du pain.

Quand il entra à son tour dans la pièce qui donnait sur une cour, Viève dormait, tout habillée, sur la couverture rouge du lit.

C'était l'heure où Mme Pontreau, pour la seconde fois, frappait à la porte de Gilberte, lui parlait, sans obtenir de réponse.

A la tombée du jour, les volets de la maison grise furent fermés comme d'habitude. Il n'y avait plus d'attroupement dans la rue. Le gendarme lui-même se tenait à une cinquantaine de mètres.

Dix fois en deux ou trois heures, Hermine s'était jetée, sanglotante, contre un mur, et maintenant elle était molle comme une poupée de chiffon, les yeux éteints, le nez tuméfié à force de se moucher.

Elle n'avait pas questionné sa mère. Elle ne lui avait pas demandé si les accusations du vagabond étaient vraies. Elle allait d'une pièce à l'autre, malade de fatigue et d'écœurement, en essayant d'éviter Mme Pontreau.

— Tu ne prépares pas le dîner ?
— Je ne peux pas.
— Qu'est-ce que tu ne peux pas ?
— Manger... Voir de la nourriture...

Et Viève ne rentrait pas ! Et Gilberte était toujours enfermée ! Et, dans la salle à manger, Mme Pontreau avait mis ses lunettes. Elle avait ouvert un petit livre relié en rouge qui était le code pénal. A l'aide d'une plume qui grinçait et crachotait, elle prenait des notes, de sa petite écriture régulière et serrée. Parfois, elle demandait :

— Tu n'as rien entendu ?

Elle restait donc attentive aux bruits du dehors ! Elle devait s'inquiéter de l'absence de Viève !

— Ta sœur avait un amoureux, dit-elle, vers huit heures, en refermant le code et en rangeant ses notes.

— On te l'a dit ?

— Je le sens depuis longtemps.

Elle mit la table avec le même soin que les autres jours, sans oublier le couvert de Viève, ni celui de Gilberte. Elle monta une fois de plus et appela sa fille.

— Veux-tu que je t'apporte quelque chose à manger ?

Gilberte ne répondit pas. Pourtant elle était debout, cette fois, car on marchait dans la pièce. Que pouvait-elle faire dans l'obscurité ?

— Tu refuses d'ouvrir à ta mère ?

Il n'y eut, en guise de réponse, que des sanglots convulsifs et le grincement des ressorts du lit.

Hermine avait pris la place de sa sœur sur

le canapé vert. Elle refusa de se mettre à table. Il lui fut impossible de détacher son regard de sa mère qui mangea, elle, lentement, des sardines d'abord, puis du fromage.

— Va te coucher.

— Non ! Je ne peux pas.

— Tu comptes rester debout toute la nuit ?

— Je resterai ici. Je ne veux pas aller dans ma chambre.

Mme Pontreau sentait-elle qu'elle faisait peur à sa fille ? Elle débarrassa la table et alla écouter à la porte de la rue. Des gens parlaient bas, pas très loin. On ne distinguait pas ce qu'ils disaient. La maison était silencieuse. Elle le fut toute la nuit, car Hermine s'assoupit sur le canapé en laissant la lampe allumée et Mme Pontreau dormit dans son lit.

Quand elle descendit, le matin, elle avait un cerne profond autour des yeux, mais son visage était calme. Elle avait fait une toilette aussi soignée que pour une cérémonie et la maison était pleine du froissement soyeux de sa robe noire.

— Gilberte !

Gilberte bougea sans répondre et sa mère n'insista même pas. Dans la cuisine, Hermine préparait machinalement du café. Sa robe était fripée. Elle sentait la fièvre et la transpiration.

Ce fut Mme Pontreau qui ouvrit les volets et un rayon de soleil pénétra dans la maison.

— Tu sors ? demanda Hermine avec effroi en voyant sa mère mettre son chapeau.

— Pourquoi ne sortirais-je pas ?

Elle sortit, en effet, la démarche orgueilleuse, et se dirigea vers l'arrêt de l'autobus. La Marie devait dormir, ou être absente, car il n'y avait qu'une vieille femme sur le pas de sa porte.

Pour le premier autobus, il n'y avait, en face de chez Louis, que deux employés, une dactylo et un ouvrier qui travaillaient à La Rochelle. Mme Pontreau n'avait pas encore atteint leur groupe qu'un gendarme s'approcha d'elle, timide, gêné.

— Pardon, madame. Ne croyez-vous pas qu'il serait préférable de faire venir un taxi ?

— Pourquoi ?

Il chercha ses mots. Elle le regardait dans les yeux.

— Cela éviterait peut-être...

— J'ai toujours pris l'autobus et je le prendrai aujourd'hui, déclara-t-elle. Je n'ai peur de personne. Je n'ai aucune raison d'avoir peur.

Et nul ne broncha ! L'ouvrier grommela bien quelques mots entre ses dents, envoya exprès la fumée de sa pipe dans la direction de Mme Pontreau, mais ce fut tout.

A neuf heures, elle pénétrait chez un avoué de La Rochelle, un petit monsieur à cheveux blancs, à la peau rose, qui portait toujours une jaquette ornée de la rosette rouge.

— Asseyez-vous, madame.

Il le disait trop tard, car la visiteuse s'était assise et ouvrait déjà son sac pour y prendre des papiers couverts de notes.

— Vous savez sans doute qui je suis ?

L'avoué inclina la tête et essuya les verres de ses lunettes à l'aide d'une peau de chamois.

— Dans ce cas, je désire que vous portiez plainte en mon nom contre l'individu...

Elle dut consulter ses notes.

— ... Gérard Noirhomme...

— Pour calomnie ? questionna l'avoué.

— Calomnie et faux témoignage. Il est de toute nécessité que la plainte soit déposée avant midi.

Il était sidéré. Il n'osait la regarder qu'à la dérobée, tandis qu'elle l'écrasait tranquillement de son regard.

— Je suppose que vous comprenez pourquoi ?

— J'avoue que non.

— Je suis convoquée par le juge pour cet après-midi. Comme témoin, je ne puis avoir communication du dossier. Je n'ai même pas droit à l'assistance d'un avocat. Tandis que si je porte plainte à mon tour et si je me constitue partie civile...

— C'est juste. Vous avez un avocat ?

— Je désire que vous m'en désigniez un.

— Il y a à La Rochelle un homme de premier plan qui...

— Je n'ai pas besoin d'un avocat de premier plan. Je préfère au contraire un débutant. Ce n'est pas tout. Je porte également plainte pour détournement de mineure.

Elle resta enfermée une heure durant avec l'avoué qui, lorsqu'il la reconduisit à la porte, avait le front moite de sueur. Elle lut l'adresse de l'avocat qu'il avait inscrite sur un bout de papier et traversa le centre de la ville d'une démarche assurée.

Jusqu'à midi, l'avoué et ses employés ne travaillèrent que pour elle, remplissant des feuilles de papier timbré, courant au greffe et au palais, donnant des coups de téléphone.

Au moment où midi sonnait, Mme Pontreau s'installait dans le principal restaurant des quais et, comme on lui tendait la carte, disait négligemment :

— Le prix fixe.

Elle n'ignorait pas que tout le monde la regardait, que la serveuse osait à peine s'approcher pour poser les plats sur la table, mais son visage n'avait pas un tressaillement.

A cause d'elle, le juge ne déjeunait pas, ni le capitaine de gendarmerie, ni le procureur, ni l'avocat. Le téléphone fonctionnait sans répit. Trois fois on appela Nieul pour s'assurer qu'il ne s'était plus rien produit d'anormal. Le juge lui-même se rendit au chevet de Noirhomme et lui demanda s'il maintenait ses déclarations.

136

Le blessé allait mieux, mais était toujours prisonnier dans le plâtre. Ses yeux seuls vivaient, d'une vie gaie, gouailleuse même, un rien attendrie quand passait l'infirmière aux formes pleines.

— Je maintiens, dit-il. Est-ce qu'il faut encore signer ?

Jusqu'à trois heures moins dix, Mme Pontreau resta assise, toute seule, devant une table de marbre du *Café de la Paix*. A trois heures moins dix, elle paya, donna vingt centimes de pourboire au garçon et à trois heures, elle se trouvait dans le couloir du Parquet. Un jeune homme aux cheveux trop longs se précipita vers elle avec un empressement maladroit. C'était son avocat, Me Gleize, qui portait une serviette sous le bras.

— Pas maintenant, lui dit-elle. J'entrerai d'abord seule. Vous viendrez si je vous appelle.

Et elle entra seule, en effet, dans le cabinet du juge Gonnet qui la fit asseoir et qui feignit d'avoir un travail important à terminer.

Il espérait la troubler, lui enlever son assurance. Il lui donna au contraire le temps de l'observer et d'observer son greffier.

— Vous êtes bien la femme Françoise Anne-Germaine Pontreau, née Dubosc ?

Le cabinet était quelconque, meublé en acajou, tapissé de papier à rayures bleu et argent qui lui donnaient un faux air moderne.

— Je suis Mme Pontreau.

Le juge, grand et fort, sanguin, portait des moustaches roussâtres et une barbiche qui accusaient ses origines paysannes. C'était un bon vivant qui, chaque jour, passait deux heures à jouer aux cartes au *Café de la Paix* et qui, chaque dimanche, était à la chasse dans les marais.

— Je suppose que vous savez pourquoi je vous ai convoquée ?

— Pardon ! Je croyais que vous étiez déjà avisé que je suis ici, non en témoin, mais en plaignante. Je désirerais donc, avant de répondre à vos questions, recevoir communication du dossier.

Elle parlait d'une voix égale, assez basse par surcroît, qui obligeait le juge à pencher la tête. Il s'était préparé à cette entrevue désagréable. Il avait eu un entretien d'une heure avec le procureur. Mais il n'avait pas prévu que ce serait aussi difficile ! Machinalement, il bourra la pipe en bruyère qui était sur son bureau mais, comme le regard de Mme Pontreau suivait tous ses gestes, il n'osa pas l'allumer.

— Evidemment... Evidemment... grommela-t-il.

Et elle, sans le quitter des yeux :

— Je tiens à vous faire remarquer que cette affaire, si affaire il y a, a été conduite par la justice avec une légèreté qui m'oblige à faire

138

toutes mes réserves. Vous venez de le dire vous-même : je suis née Dubosc, des Dubosc de Saintes, comme votre tante, si je ne me trompe. Or, il a suffi des paroles d'un malandrin renvoyé de chez mon gendre pour que la gendarmerie se croie le droit de mettre le village et La Rochelle même en effervescence. Avant que je fusse prévenue, les journaux publiaient des informations qui n'ont pu leur venir, d'ailleurs, que des milieux officiels.

— C'est regrettable, en effet.

— Pardon ! C'est inacceptable et, ainsi que je viens de vous le dire, je fais toutes mes réserves sur les suites que cette indiscrétion comportera.

Le greffier, un homme d'une trentaine d'années, regardait le juge comme pour dire :

— Ce n'est pas fini !

M. Gonnet feignait de compulser des dossiers. Mme Pontreau, cependant, les deux mains sur le fermoir d'argent de son sac, poursuivait :

— Je suis veuve et j'ai trois filles. Ma famille est connue dans tout le département. J'aurais pu m'attendre, avouez-le, à plus de correction, sinon de considération.

— Je vous assure, madame, que je ne suis pas responsable et que je déplore...

— Je ne connais que par le journal les fameuses déclarations de ce Noirhomme. Je pourrais, je pense, y répondre en quelques mots.

M. Gonnet leva la tête avec espoir.

— Je l'aurais fait dans de tout autres circonstances. Dans le cas présent, je me porte partie civile, je vous l'ai dit, et je vous prie de remettre au plus tôt copie du dossier à mon avocat.

Elle se leva. Le juge se demanda si elle aurait le toupet de sortir ainsi mais, quand elle eut ouvert la porte, elle se contenta de dire à son jeune défenseur :

— Entrez ! M. le juge voudra bien vous mettre au courant. Je suppose que, légalement, vous n'avez plus le droit de m'interroger aujourd'hui ?

Les trois hommes se consultèrent du regard.

— Vous êtes absolument libre de vous taire, dit l'avocat avec autant de conviction que s'il eût plaidé en cour d'assises.

Et le juge, qui n'en était pas sûr, préféra approuver vaguement de la tête. Comme les deux autres étaient debout, il se leva aussi.

— Je suis désolé de l'indiscrétion des journaux, soupira-t-il. D'autant plus que j'ai cru comprendre qu'elle a eu des conséquences familiales...

— J'ai porté plainte contre inconnu pour enlèvement de mineure.

— Je sais. C'est moi qui suis saisi de cette

140

plainte et si vous pouviez me donner des détails complémentaires...

— Je n'ai aucun détail à vous donner. Cherchez. Faites votre métier.

— Vous ne connaissez pas le nom du jeune homme ?

— Je l'ignore. Puis-je me retirer ?

Le juge se tourna vers l'avocat.

— Vous n'avez rien à dire, maître ?

— Je n'ai rien à ajouter aux déclarations de ma cliente.

Ils avaient l'air de jouer à l'instruction, tant ils étaient à la fois maladroits et pleins de bonne volonté. On sentait derrière eux, quelque part dans un bureau, la présence du procureur qui attendait avec impatience les résultats de l'entrevue.

— Eh bien ! madame, je remettrai demain copie du dossier à Me Gleize. Comme vous n'habitez pas la ville, je ferai tout le possible pour vous éviter les déplacements. Il se peut, d'ailleurs, que Noirhomme revienne sur ses déclarations.

Elle eut un haussement d'épaules qui semblait dire que cela lui était indifférent. L'avocat la suivit dans le corridor et lui souffla, confidentiel :

— Je me permettrai peut-être de vous conseiller un peu de diplomatie. Le juge est un brave homme, mais il n'aime pas être brusqué.

Elle laissa errer sur lui un regard indifférent et s'en fut. Place d'Armes, elle attendit l'autobus sans manifester d'impatience. On croisa l'auto du docteur, un peu avant d'arriver à Nieul. Le vélo d'un gendarme était appuyé à la devanture de chez Louis.

Mme Pontreau parvint à ne pas hâter le pas en passant devant la bicoque de la Marie, où l'on distinguait quatre ou cinq personnes dans la pénombre. Il ne se passa rien. Elle gravit les marches du perron, fit tourner sa clef dans la serrure.

Hermine était dans la cuisine. Comme elle n'avait pas mangé depuis la veille, elle devait avoir eu des crampes d'estomac, car elle grignotait, l'air têtu, un morceau de pain rassis.

— Ta sœur n'a pas ouvert ?

Hermine faillit pleurer mais se contint, à cause du pain qu'elle avait dans la bouche.

— Va me chercher le tournevis, des pinces et un marteau. Il y en a dans la buanderie.

Quant à elle, elle monta dans sa chambre et se déshabilla, endossa ses vêtements de tous les jours. Dans la glace de la cheminée, elle vit son visage dont les traits n'avaient jamais été aussi nets.

Elle avait envie de s'asseoir. Ses genoux étaient mous. Parfois il lui semblait que son élan s'usait et qu'elle allait soudain se trouver sans impulsion suffisante.

142

— Je ne vois pas les pinces, cria Hermine, d'en bas. Faut-il monter les tenailles ?

— Oui.

Et elle s'adressa à elle-même un pâle sourire. Avant de se mettre au travail, elle ouvrit l'armoire aux confitures et aux conserves qui se trouvait au fond d'un couloir. Il y avait deux bouteilles de vieille eau-de-vie qui datait du père de son mari. Elle en déboucha une, furtivement, en écoutant les pas de sa fille, avala une gorgée et remit la bouteille en place.

— Où es-tu, maman ?

Hermine marchait si mollement, parlait d'une voix si lointaine qu'on l'eût prise pour un fantôme.

— Ici !

Mme Pontreau devait s'agenouiller pour démonter la serrure.

— Donne-moi un journal, dit-elle auparavant.

Elle le posa par terre, afin de ne pas salir son tablier de cotonnette à petits carreaux qui gardait encore, presque craquants, les plis du repassage.

9

L'enterrement de Jean Nalliers avait eu lieu sous le signe de la chaleur et du soleil. Cet enterrement-ci évoquerait désormais une tempête de trois jours et l'invasion par la mer d'une partie des champs de la commune.

Le vent arrivait avec une vitesse sans cesse accrue du golfe de Gascogne, s'engouffrait dans le pertuis d'Antioche dont les eaux étaient brunes, striées de bavures d'écume. Et, dans le fond de la baie, les paquets d'eau venaient heurter la bordure de galets qui défendait les terres basses.

Il y eut une alerte, le premier soir. Des hommes partirent avec des lanternes. Mais il n'y avait rien à tenter. La levée avait cédé et une bonne moitié des terres de la Pré-aux-Bœufs et de la ferme voisine étaient déjà sous l'eau.

Ce matin-là encore, on voyait se diriger vers la mer, avec leurs bottes de caoutchouc sur le dos, tous ceux qui possédaient un bouchot, car les vagues arrachaient les poteaux chargés de moules et les envoyaient au rivage.

On marchait lourdement, à cause du vent. L'univers semblait plus vide que d'habitude. Sur la place, en face de l'auberge, il n'y avait qu'une carriole dont le cheval était attaché à un anneau : c'était la carriole du père Nalliers.

Et le père Nalliers, chez Louis, assis près de la porte vitrée, les coudes sur la table, en était déjà à son troisième grog. C'est lui qui vit passer la civière et les quatre hommes qui avaient l'habitude de donner un coup de main pour les enterrements. Un quart d'heure plus tard, le curé passa, en surplis blanc, flanqué d'un enfant de chœur qui trottait menu en portant une croix trop grande pour lui.

Louis feignait de ne rien savoir, essuyait ses tables suintantes, répandait par terre de la sciure de bois. Une auto corna, venant de La Rochelle, une grosse auto bleue qui s'arrêta près de l'église.

Dans le ciel, les nuages couraient si vite qu'on avait l'impression que c'était la terre qui s'était mise en marche, comme il arrive quand on voit démarrer un train voisin.

— Encore un, Louis !

Le père Nalliers n'était pas ivre à proprement parler, mais il avait les yeux brillants, peut-être d'avoir parcouru trente kilomètres dans le vent. Il avait dû partir avant le lever du jour et depuis son arrivée à Nieul il était là, dans son coin, à regarder la place vide.

— Je parie qu'il n'y aura personne...

On perçut la voix du curé qui psalmodiait dans la bourrasque et deux hommes entrèrent, pour assister au spectacle sans rester sur le passage du convoi.

— Salut, Louis ! Tiens, vous êtes là, père Nalliers...

Ils passèrent la main sur les vitres pour en essuyer la buée et on aperçut les quatre hommes qui portaient le cercueil, le curé dont le surplis claquait comme un drapeau, deux femmes en deuil dont le vent drapait étrangement les vêtements noirs et les voiles.

C'était par-derrière que la rafale prenait ce cortège et elle avait l'air de le pousser en avant. Il fallait que chacun lui résistât et marchât le corps raidi.

— Bien fait ! grommela le père Nalliers sans quitter sa place. Donne un autre verre, Louis !

Il était en noir, comme pour l'enterrement de son fils, avec un col amidonné, une chemise roide et les cheveux poisseux de cosmétique. Des rideaux remuaient à certaines fenêtres, mais personne ne se montrait. On ne s'était pourtant pas donné le mot. C'était plutôt de la gêne qu'autre chose.

Pouvait-on encore savoir ? Gilberte était morte. C'était elle que les quatre hommes emportaient dans un cercueil en s'arc-boutant contre la tempête.

Gilberte s'était tuée en sautant par la fenêtre de sa chambre au moment où Mme Pontreau, après une heure de patient travail, arrivait enfin à bout de la porte.

On regardait passer la mère, grande et

droite, le visage invisible sous le voile, avec une seule fille, l'aînée, aussi grande qu'elle, à son côté.

La Marie elle-même ne s'était pas montrée. Et, dans les rues, il n'y avait qu'une femme en noir, le parapluie sous le bras, à aller et venir furtivement depuis le matin. On eût dit qu'elle cherchait quelque chose. Elle était là quand le sacristain avait installé la tenture mortuaire au portail de l'église. Deux fois elle était entrée au cimetière. Maintenant encore, tapie contre un mur, elle contemplait le cortège qui dépassait la voiture bleue et pénétrait dans la nef.

— Est-ce que je l'avais dit ? articulait Nalliers en regardant son grog trouble. Rappelez-vous !

Les autres préféraient ne pas parler de cela avec lui et il eut un sourire amer en haussant les épaules.

L'église était vide. On n'avait allumé que quatre cierges, deux pour l'autel, deux pour le catafalque. C'était une messe basse qu'annonçait la sonnerie impatiente de l'enfant de chœur et le curé dévorait les oraisons, se tournait, mains écartées, pour les *Dominus vobiscum,* puis faisait des génuflexions saccadées.

Du côté des hommes, il n'y avait tout d'abord qu'un seul personnage à barbiche rousse, le juge d'instruction, mais au premier évangile, le docteur Durel le rejoignit à pas pressés, lui serra la main en silence et resta

147

debout à côté de lui, les mains sur l'appui du prie-Dieu.

De l'autre côté du catafalque, les deux femmes ne bougeaient pas.

Chez Louis, les gens étaient plus nombreux. Tous ceux qui n'étaient pas à la côte pour surveiller les bouchots s'en venaient sans avoir l'air de rien, prenaient un verre et restaient debout autour du poêle.

— C'est vrai que le juge y est ?

On ne parlait pas trop, parce qu'on ne savait plus. On avait même un peu peur d'avoir été trop vite à juger les Pontreau. Et pourtant personne n'avait envie de les défendre ; on ne parvenait même pas à les plaindre !

— Faut que j'y aille, prononça soudain le père Nalliers en se levant. Donne-moi encore un verre, Louis.

Sa démarche devenait incertaine et sa voix butait sur certaines syllabes. Il regardait les gens, autour de lui, avec une flamme de triomphe dans les yeux.

Chacun n'était-il pas là pour le voir ? Et ne suivait-on pas avec curiosité chacun de ses mouvements ?

— Tu me prépares un bon gueuleton ! hé, Louis !

Il sortit avec l'air de balayer du geste ceux qui se trouvaient sur son passage et se dirigea vers l'église. Au bout de la rue vide, la mère Naquet s'avançait en sens inverse, prudemment, comme si elle eût craint un piège, et quand elle aperçut le fermier elle s'élança dans la direction opposée.

Le docteur était tout petit à côté du juge d'instruction et c'était celui-ci, avec son teint fleuri et sa barbe rousse, qui avait l'air d'un médecin de campagne.

— Vous allez à l'offrande ? lui demanda-t-il, hissé sur la pointe des pieds.

La réponse fut un geste vague. Savait-on seulement ce que l'on devait faire ? Dans la pénombre de l'église on n'entendait que la galopade des oraisons du curé, éperonnée par la sonnette en folie. Pourtant, quand le prêtre s'approcha du banc de communion, les reliques et un petit linge pour les essuyer à la main, on entendit des pas au fond de la nef et on vit un homme s'agenouiller le premier, tandis que le curé réfrénait un mouvement de retraite.

C'était le vieux Nalliers ! Il n'était pas très sûr de ses mouvements. Néanmoins, il toucha la relique du bout des lèvres et mit ostensiblement cent francs dans le plateau.

Ce geste avait-il dans son esprit une signification symbolique ? L'idée lui en était-elle venue après plusieurs grogs ? Toujours est-il qu'il s'en alla, satisfait, sortit de l'église et se dirigea à nouveau vers l'auberge.

— On n'a pas retrouvé la plus jeune ? demanda encore le docteur à son compagnon.

149

Et celui-ci répondit d'un signe de tête néga-
tif. C'était l'absoute. *Libera me domine... Pater
Noster... Et ne nos inducas in tentationem...*

Les versets se heurtaient. Le curé avait à
peine lâché l'encensoir qu'il tournait autour
du catafalque en maniant le goupillon.

Amen...

Et les quatre hommes étaient déjà là, qui
emportaient le cercueil. Mme Pontreau n'eut
pas le temps de remettre un gant qu'elle avait
retiré pour tourner les pages de son missel.

Dans la rue même, il n'y avait personne,
mais on voyait un groupe compact sur la
place, qui regardait de loin. Tout le monde
semblait s'être donné le mot. Le fossoyeur ne
perdit pas une seconde. Il est vrai que le vent
balayait le cimetière et que le juge avait failli
deux fois perdre son chapeau.

C'était fini ! Le curé s'en allait. Et les deux
hommes, le magistrat et le docteur, se dirigeaient vers Mme Pontreau, murmuraient des
condoléances, sans apercevoir autre chose
qu'une tache imprécise sous le voile.

Quand elles sortirent du cimetière, les gens
de la place reculèrent et la plupart entrèrent
chez Louis pour les regarder à travers les
vitres.

Nalliers avait remplacé la série des grogs
par celle des apéritifs. Il expliquait à un
groupe de vieux :

— Je ne savais pas et pourtant j'étais sûr...

Comprenez-vous ?... J'étais aussi sûr que ce n'était pas catholique que si le petit était revenu me le dire...

Pour les autres, Jean Nalliers n'était déjà plus une réalité. On ne pouvait plus l'imaginer tel qu'il était vivant, allant et venant comme chacun, buvant du vin blanc et serrant les mains. Avait-il vraiment fait tout cela ?

C'est pourquoi, en regardant son père, on était mal à l'aise, car on retrouvait certains de ses traits, l'ovale allongé du visage, les yeux clairs, et cet air à la fois fiévreux et fatigué.

— Vous entrez un moment ? proposa le docteur à son compagnon en désignant sa maison toute proche.

— Volontiers.

Ils s'installèrent au premier étage, où il y avait le flacon de porto en permanence, sur un guéridon.

— Un cigare ?

Quand il l'eut allumé, le juge soupira :

— Qu'est-ce que vous en pensez, vous ?

Or, le docteur eut en réponse exactement le même regard résigné que le magistrat. Un instant, ils eurent l'air de se tâter mutuellement.

— Evidemment ! dit enfin M. Gonnet.

— Pour moi, il n'y a pas de doute possible.

Le vent faisait ronronner le feu dans le foyer. Cela sentait l'hiver, le tabac et le bois brûlé.

— Vous ne l'avez plus interrogée ?

— C'était délicat !

Le juge faisait allusion à la mort de Gilberte, aux trois jours creux que Mme Pontreau et Hermine avaient passés seules avec le corps.

— Elle m'a cependant envoyé une lettre me priant de demander à Noirhomme avec quel outil elle était venue à bout du verrou de la trappe. Vous vous souvenez des faits ? Jean Nalliers était dans le grenier à grains, le « grenier vieux », comme on l'appelait, au-dessus de l'écurie où aurait eu lieu le dialogue entre la belle-mère et Noirhomme.

— Je me souviens.

— J'ai posé la question à celui-ci. Il a répondu que la Pontreau s'était servie d'un morceau de fer dont on usait pour gratter les sabots des chevaux. Or, la trappe n'avait pas de verrou. J'ai envoyé un gendarme s'en assurer avant-hier. Donc, Mme Pontreau n'a pas eu à se servir d'outil.

Le juge soupira et se renversa en arrière.

— Cela suffit à rendre suspect tout le témoignage de Noirhomme. Je dois ajouter qu'il n'a pas eu l'air troublé quand je le lui ai dit. Il s'est contenté de demander pour combien de temps il en avait à se rétablir.

— Quelle est votre idée ?

— Que si nous savons un jour la vérité, ou plutôt si nous obtenons une preuve, ce sera

152

par hasard, dans un an ou dans dix comme cela arrive presque toujours pour ce genre de crimes.

Le docteur, qui s'était approché de la fenêtre, appela son compagnon.

— Regardez cette femme.

La Naquet passait en regardant autour d'elle avec inquiétude. Elle se dirigeait vers la place, courbée en avant pour donner moins de prise au vent qui menaçait sans cesse d'ouvrir son vieux parapluie.

— A mon avis, il n'y a qu'elle à savoir quelque chose. Quant à la faire parler c'est une autre histoire. Je n'irai pas jusqu'à dire qu'elle est folle, mais il est certain que nous ne pouvons comprendre le mécanisme de sa pensée.

— Je la convoquerai à mon cabinet.

— Elle n'ira pas, ou bien elle ne dira rien.

Pourquoi la Naquet avait-elle repris l'habitude de rôder autour de la maison grise ? Elle ne le faisait pas comme avant, quand elle marchait nettement vers la maison. Elle faisait des détours. Quand des gens l'interpellaient, elle tressaillait, prise de panique, et s'en allait à pas précipités.

L'épicière lui avait demandé si elle ne pourrait donner un acompte sur ce qu'elle devait et elle n'avait plus parlé de milliers de francs. Elle n'avait rien dit. Elle évitait sa boutique.

— Encore un peu de porto ? A propos, avez-vous retrouvé la plus jeune ?

— J'ai toutes les raisons de croire qu'elle est à Bordeaux, avec son ami. J'ai transmis la consigne à la police de cette ville, mais je n'ai pas de nouvelles.

Le père Nalliers n'était-il pas tout à fait ivre quand, au passage des deux femmes, il avait collé son visage contre la vitre ? Mme Pontreau marchait vite. Elle avait toujours un pas d'avance sur sa fille. Elle faisait penser à une poule dont les poussins ont disparu les uns après les autres et qui n'en traîne plus qu'un derrière elle, avec le même sérieux, la même inquiétude que s'il y avait encore toute une couvée dans son sillage.

— Savez-vous le malheur de ces gens-là ? C'est qu'ils sont si fiers ! tonitruait Nalliers. Et pourtant ils n'ont rien dans leur poche ! C'est grâce à mon argent qu'ils gardent leur maison et qu'ils mangeront tout à l'heure. Oui, mon argent, à moi, l'argent que j'ai gagné à remuer le fumier ! La même chose, Louis...

Et il reprenait, accoudé au comptoir :

— Est-ce qu'une autre, à la place de la vieille, ne serait pas partie ? Vous l'avez vue ! C'est tout juste si elle n'a pas l'air d'être la châtelaine du pays...

Dans la maison grise, Mme Pontreau avait retiré son voile et découvert un visage couleur de pierre de taille. Elle s'arrêta un instant

154

dans le corridor pour regarder Hermine qui défaisait son manteau et qui devait s'appuyer au mur.

— Viens.

— Je n'en peux plus.

— Assieds-toi. Ne pense pas.

Elle lui versa un verre d'eau-de-vie et le lui fit boire comme à un enfant, en maintenant le verre contre ses lèvres. Hermine eut deux haut-le-cœur, renversa la tête en arrière, dans un mouvement de lassitude.

Alors Mme Pontreau, sans même changer de robe, noua un tablier autour de ses reins, s'agenouilla devant le poêle dont elle ranima la flamme. C'était le même poêle à mica qu'au temps où les enfants se traînaient par terre et Pontreau, qui aimait travailler de ses mains, avait construit une sorte de barrière en fer afin de mettre les gosses à l'abri des brûlures.

La barrière était toujours là, bien polie, qui ne protégeait plus personne.

Dans la cuisine, au-dessus de la planche aux sabots, il y avait des chauffe-pieds et Mme Pontreau en prit un, le remplit de cendres chaudes et le plaça devant sa fille, mit elle-même les pieds d'Hermine dessus.

— Tu es sûre que tu n'as pas pris froid ?

Elles n'entendaient plus le tic-tac de l'horloge à balancier de cuivre qui avait toujours été à la même place, mais elles voyaient le reflet du balancier, le cadran d'émail d'un

155

blanc trop cru, les aiguilles de bronze, enfin le trou noir et la fiche carrée permettant de remonter le mécanisme.

— Il faut que tu manges quelque chose.

— Je n'ai pas faim.

Mme Pontreau était déjà dans la cuisine, allumait du feu dans le fourneau. Il n'y avait pas de fièvre dans ses gestes, pas d'émotion ni de tendresse apparente sur son visage aux traits rigides.

Ses mouvements étaient précis. Un morceau de beurre tomba au fond d'une casserole et fondit doucement. Puis ce furent des ronds d'oignons, un poireau coupé menu, une carotte, de la verdure. Pendant que les oignons grésillaient elle mit la table, dans la salle à manger, sans oublier les porte-couteaux ni les pochettes à serviettes.

— Je crois que tu as eu froid aux pieds ?

Hermine ne répondit que par un soupir. Peut-être ne voyait-elle rien, n'entendait-elle rien, bien que ses yeux fussent grands ouverts sur le spectacle familier de la pièce ? C'est dans cette même pièce qu'elle jouait, un soir d'hiver — avec une poupée qui s'appelait Margot et qui avait de vrais cheveux —, quand le docteur, le prédécesseur de Durel, avait descendu l'escalier sans bruit et lui avait annoncé :

— J'ai apporté une petite sœur à ta maman.

Or, Hermine avait répondu :

156

— J'ai demandé un petit frère ! Si c'est une fille, il faut la reporter...

La petite sœur, c'était Viève. Le libraire qui l'employait avait écrit l'avant-veille pour demander qu'on voulût bien faire prendre le vélo qu'elle avait laissé chez lui. C'était une lettre polie, dont il avait pesé tous les termes.

A dix ans, Gilberte était si grosse que les filles de l'école l'appelaient « Boule de son ».

On entendait un grignotement à peine perceptible derrière le lambris, dans le coin gauche de la pièce. Il était admis que c'était une souris. Qu'est-ce que cela aurait pu être d'autre ? Et pourtant ce grignotement durait depuis toujours, en dépit des souris qu'on attrapait, comme si, de génération en génération, une souris eût toujours échappé aux pièges et eût habité le même trou.

— Mange ta soupe, Hermine.

— Je n'ai pas faim.

— Je veux que tu manges.

Quand le regard d'Hermine se posa sur sa mère, elle fut presque étonnée de lui voir des cheveux gris et un visage de femme de cinquante ans.

Elle venait d'avoir des impressions d'enfance. Elle se sentait enfant. Elle était prête à manger sa soupe docilement, parce qu'on lui avait dit de la manger.

— Elle a un drôle de goût.

— Quel goût aurait-elle ?

— Je ne sais pas...

Mais elle mangea jusqu'à la dernière cuiller, cependant que sa mère, à table, mangeait de la viande conservée. Elle ne savait où poser le bol, car elle était restée sur le canapé vert et elle n'avait pas le courage de se lever. La chaleur de la soupe, sans doute, avait envahi ses membres qui étaient lourds et sa tête brûlante.

Elle eut un frisson de panique en pensant soudain que c'était la place de Gilberte qu'elle occupait et elle vit sa mère, lointaine, derrière un nuage, qui lui prenait le bol des mains.

Elle dormait, bercée par le tic-tac de l'horloge, cependant que Mme Pontreau achevait son repas, lentement, en regardant droit devant elle.

La mère entendit à peine les gens qui revenaient de la côte et qui parlaient à voix très haute d'un cotre qu'on voyait en détresse au large et que le remorqueur de La Pallice essayait d'atteindre à temps.

Quand, après un soupir, elle se leva, ce fut pour recharger le poêle, d'un geste qu'elle faisait depuis plus de trente ans. Elle débarrassa la table, sans bruit, essuya le chêne ciré avant de poser au milieu le vase qui datait de son mariage.

Sans avoir besoin de regarder Hermine, elle sentit que celle-ci n'était pas bien et elle vint vers elle, s'agenouilla pour lui retirer ses souliers, lui mit des pantoufles de laine bleue à petites fleurs et enfin, avec des précautions pour ne pas la réveiller, desserra son corsage.

La respiration de la jeune fille était forte, car Mme Pontreau lui avait fait prendre quelques gouttes d'un somnifère. A mesure que le poêle dégageait des ondes plus larges de chaleur, le visage se colorait et bientôt les lèvres d'Hermine s'écartèrent, comme les lèvres d'un bébé qui rêve.

— Mais si ! Mais si ! Vous restez à déjeuner, disait le docteur Durel au juge d'instruction.

Il avait fait monter une seconde bouteille de porto et les deux hommes avaient, eux aussi, le feu aux joues.

— Dans ce cas, vous me permettrez de téléphoner chez moi. Bien que je sois célibataire, j'ai une vieille servante qui n'est pas commode et...

Mme Durel était descendue à la cuisine pour donner des ordres.

Quant à Mme Pontreau, qui avait mis ses lunettes, elle étalait sur la table des papiers et des livres, posait devant elle la bouteille d'encre verte et la plume qui crachait toujours.

Longtemps, elle restait plongée dans l'étude d'une pièce du dossier, prenant des notes, de son écriture régulière et penchée, sur une feuille volante.

Puis elle levait la tête et regardait, comme

si c'eût été un nouveau-né, Hermine qui dormait toujours.

Enfin, après un coup d'œil au poêle, elle reprenait sa lecture ou feuilletait le code.

— Je t'ai déjà parlé de M. Gonnet, dit le docteur à sa femme au moment de se mettre à table.

— Vous nous excuserez, monsieur le juge, de vous recevoir très mal. Mais c'est le jour de la lessive et...

Elle se tourna vers la fenêtre en entendant un pas dans la rue. C'était la mère Naquet qui passait encore, nerveuse et furtive, comme si elle eût cherché sans fin quelque chose d'introuvable.

10

A huit heures du soir, Louis, qui inscrivait au fur et à mesure les consommations sur une ardoise, attira vers le comptoir le fermier des Mureaux et lui souffla :

— Il ne faudrait plus le laisser boire.

Car le père Nalliers était complètement ivre. Il n'avait pas cessé de boire depuis le matin, tantôt seul, dans un coin du café, tantôt avec les gens qui entraient et qu'il invitait à trinquer. C'est à peine, maintenant, s'il arrivait à prononcer les mots d'une façon à peu près distincte.

— J'ai bien entendu ce que tu as dit, Louis, bégaya-t-il néanmoins en le menaçant du doigt. C'est pas chic ! Parce que, toi, tu as connu mon fils et qu'aujourd'hui c'est comme qui dirait la tournée de mon fils.

Il en avait déjà pour plusieurs centaines de francs, à coups de tournées de douze et de quinze verres. A neuf heures, ils restaient quatre autour de la table. Quelques minutes après, on porta le père Nalliers, qui se débattait à peine, dans la chambre du premier, celle que Gérard Noirhomme avait occupée.

La jument était restée dehors avec la carriole. Louis la détela et la fit entrer à l'écurie. Il pensait toujours à tout. C'est lui aussi qui avait déshabillé Nalliers et qui avait placé son portefeuille sous l'oreiller.

Le lendemain à sept heures, il était seul dans l'auberge alors que le jour commençait à se lever. En attendant la femme qui viendrait faire le nettoyage, il revoyait ses comptes quand il entendit des pas dans l'escalier.

C'était Nalliers, non lavé, non peigné, sans faux col, qui regardait autour de lui avec méfiance.

— Un café, père Nalliers ?

Le vieux le but sur le coin d'une table, essuya ses moustaches, demanda :

— Qu'a-t-on fait de ma jument ?

— Elle est à l'écurie.

— On lui a donné de l'avoine, au moins ?

— Hier au soir. Ce matin, je n'ai pas encore eu le temps.

— Qu'est-ce que je te dois, Louis ?

Louis apporta l'ardoise, tira un trait, additionna rapidement.

— Trois cent soixante-huit francs.

Le regard de Nalliers alla de l'ardoise à l'aubergiste, dur et soupçonneux.

— Ces cochons-là ont bu pour trois cent soixante et des francs ?

— Pensez qu'à dix heures du matin vous offriez déjà des tournées générales.

Il se leva, mit quatre cents francs sur le comptoir, compta sa monnaie.

— Montre-moi où est la jument.

Il était occupé à l'atteler, sur la place, quand un gendarme qui venait de La Rochelle descendit de son vélo pour lui demander :

— Savez-vous où habite la nommée Naquet ?

— A gauche, là-bas, la porte verte.

La bricole à la main, il regarda le gendarme s'arrêter devant la bicoque qu'il lui avait désignée, puis parler à quelqu'un qui devait se trouver à la fenêtre de la maison d'en face.

Aux coups frappés à la porte, en effet, avaient répondu, à l'intérieur, des bruits indistincts. Le gendarme avait attendu un instant, puis s'était rapproché de la fenêtre. Dans l'obscurité à peu près complète de la pièce, il voyait la flambée d'un feu de bois et, devant ce feu, une silhouette s'était profilée par deux fois.

C'est alors que le gendarme s'était retourné. Un homme se rasait près de sa fenêtre fermée, de l'autre côté de la rue.

— Dites donc ! Il y a quelqu'un, là-dedans ?

La fenêtre s'était ouverte.

— La mère Naquet est chez elle, oui. Elle n'ouvre pas ?

De nouveaux coups furent frappés à la porte. L'homme qui se rasait était au premier étage de sa maison et la bicoque de la Naquet n'avait pas d'étage.

— Dites donc ! annonça-t-il en se penchant, la voilà qui file par le jardin.

— Le jardin donne sur une rue ?

— Il donne sur les champs. Vous n'avez qu'à prendre la venelle à droite.

Pendant qu'il parlait, il continuait à regarder les champs qui commençaient aussitôt après le rang de maisons et qui montaient en pente douce jusqu'à l'horizon. Or, sur cette immensité de terre labourée, la silhouette noire de la mère Naquet avançait comme un insecte grotesque.

Le gendarme laissa son vélo appuyé à la maison, pénétra dans la venelle tandis que l'homme criait à sa femme :

— Viens vite ! Je crois que cela va être drôle...

Ce fut étrange, en tout cas. La Naquet avait au moins trois cents mètres d'avance. Elle marchait résolument dans les terres défoncées, sans se retourner, comme si elle eût poursuivi une tâche déterminée.

Le gendarme n'osait pas courir. Il avait peur du ridicule. Après une centaine de mètres, il se retourna, lui, et vit tout un groupe à l'angle de la venelle.

— Madame Naquet ! cria-t-il, les mains en porte-voix.

La vieille n'entendit pas ou feignit de ne pas entendre. Alors il marcha plus vite, courut, marcha à nouveau, les guêtres crottées jusqu'aux genoux par la terre glaise. Peu à peu, à mesure qu'elle gravissait la côte douce, la Naquet se découpait sur le ciel et il remarqua qu'elle avait un parapluie à la main.

Derrière lui, le groupe s'avançait juste assez pour ne rien perdre du spectacle et chez Louis le père Nalliers déclarait :

— Faut que je reste un instant pour voir ce qui va se passer. Donne un grog !

La distance diminuait entre les deux personnages qui gravitaient dans les champs et pour en finir, le gendarme se décida à courir aussi vite qu'il le pouvait. La Naquet, presque automatiquement, courut aussi. Mais elle ne courait pas vite et, après quelques minutes, il parvint à lui saisir le bras tandis que des rires éclataient près des maisons.

— Lâchez-moi ! hurla la femme de ménage. Vous entendez ? Je vous dis de me lâcher !

— Venez avec moi.

— Et pourquoi irais-je avec vous ?

— Je vous apporte une convocation du juge d'instruction.

— Qu'est-ce qu'il me veut, le juge d'instruction ? Est-ce que j'ai commis un crime ? Est-ce que j'ai volé ? Hein ? Répondez, pour voir ! Et d'abord je vous répète de me lâcher...

Il n'osait pas lui rendre sa liberté, car il craignait le ridicule d'une nouvelle poursuite. C'était le grand gendarme à cheveux bruns qui rougissait quand il rencontrait Viève sur la route.

— Allez dire à votre juge d'instruction que, s'il veut me voir, il n'a qu'à se déranger ! Il ne manquerait plus que ça que je donne encore des sous à l'autobus pour aller à La Rochelle.

— Ecoutez, madame Naquet...

— Il n'y a pas de « madame Naquet » qui tienne !

— Les gens vous regardent. De toute façon, il faudra bien que vous me suiviez. Ne m'obligez pas à vous passer les menottes.

Il n'était pas question de le faire, mais il disait cela à tout hasard et la ruse réussit. Elle devint calme, tout d'un coup, et déclara :

165

— Vous payerez l'autobus ? Alors, j'y vais ! Mais ne me bousculez pas. Je vous défends de me toucher.

Elle traversa fièrement, le parapluie en bataille, les groupes qui s'étaient formés dans la rue. Elle parlait seule, le regard presque menaçant, mais on ne comprit rien à son discours.

Le gendarme, embarrassé de son vélo, le laissa chez Louis et monta dans l'autobus avec sa compagne qui prit, dans un coin, la pose la plus digne.

Le juge n'était pas encore dans son cabinet et on dut attendre jusqu'à dix heures. A son arrivée, il s'étonna de rencontrer le gendarme.

— Vous êtes venu avec elle ?

— C'était le seul moyen, dit celui-ci, en expliquant du regard que cela n'avait pas été tout seul.

Et le juge, bonhomme, commença, en prenant place à son bureau :

— Eh bien ! mère Naquet, il paraît que vous avez des tas de choses à nous raconter.

Elle le regarda sans répondre, cependant que ses lèvres remuaient.

— Qu'est-ce que vous savez de la mort de Jean Nalliers ? Parlez sans crainte ! Il est entendu que, si vous le désirez, ceci restera entre nous...

Il soupira en voyant qu'il n'obtiendrait pas de réponse et essaya d'un autre moyen.

— Votre ami Gérard nous a beaucoup parlé de vous. Selon lui, c'est vous qui lui avez tout révélé.

— Pas vrai !

— Vous dites ?

Car elle avait prononcé ces mots d'une façon si étrange que le juge n'était pas sûr d'avoir bien entendu.

— Je dis : pas vrai !

— Selon vous, il aurait donc inventé l'histoire de la fenêtre du « grenier vieux » ?

Après un quart d'heure, M. Gonnet renonça et dit en se levant :

— Venez avec moi.

— En prison ?

— Mais non, pas en prison ! Nous allons simplement rendre visite à votre ami Gérard.

Il prit son chapeau au passage. Ils devaient faire quelques pas dans la rue du Palais pour atteindre la prison et Mme Naquet marcha, en grommelant, au côté du juge.

Pourtant, quand le gardien fit jouer la serrure d'une cellule, elle profita d'une seconde d'inattention du magistrat et elle faillit parvenir à la rue. Par hasard un autre gardien entrait pour prendre son service et elle se jeta contre lui.

Cela ne la troubla d'ailleurs pas d'être ramenée de la sorte. Elle entra dans la cellule et vit Gérard qui venait de se lever de sa chaise, vêtu d'une sorte de pyjama à fines rayures bleues qui lui donnaient l'air d'être très grand et très maigre. Son bras droit était passé par-dessus une béquille et son pied droit, enveloppé de blanc, restait en l'air.

— Asseyez-vous, Noirhomme, lui dit M. Gonnet. Je vous ai amené votre amie Naquet, qui est contente de vous voir.

— Pas vrai !

On devina ces mots plutôt qu'on les entendit, car elle les prononçait pour elle-même.

— Asseyez-vous aussi, madame Naquet.

Elle refusa. Elle regardait autour d'elle avec une méfiance croissante, comme si elle eût flairé un piège.

— Vous m'avez bien dit, Noirhomme, que vous n'aviez pas aidé Mme Pontreau à jeter son gendre par la fenêtre ?

La Naquet tressaillit et fixa le juge avec stupeur.

— Vous avez même ajouté que, ce jour-là, vous ne saviez rien. C'est sur le chemin que vous avez rejoint Mme Naquet qui rentrait chez elle et qui était très agitée. Est-ce exact ?

— C'est exact, répondit Gérard qui avait une peau fraîche de convalescent bien soigné.

— Parlant plutôt pour elle que pour vous, elle a laissé entendre qu'elle se vengerait des Pontreau quand cela lui plairait. Elle a prononcé le mot guillotine. C'est ce qui vous a donné l'idée d'en savoir davantage...

168

La femme de ménage n'interrompait pas ce discours et continuait à observer le juge.

— Bribes par bribes, par la suite, vous avez appris une partie de la vérité. C'est-à-dire que vous avez deviné que Mme Pontreau avait aidé son gendre à passer par la fenêtre. Pourquoi, quand vous l'avez accusée, avez-vous prétendu que vous étiez son complice ?

Gérard sourit, très à son aise.

— Sinon, on ne m'aurait pas cru ! Il était toujours temps, ensuite, de revenir sur mes déclarations.

— Mais pourquoi avez-vous fait ces déclarations ?

— Est-ce que je sais ? J'enrageais. J'avais peur de crever. A l'idée qu'une saleté comme cette femme serait bien tranquille chez elle tandis que moi, pour un malheureux cambriolage, je...

— Suffit ! Qu'avez-vous à dire, madame Naquet ?

Elle les regarda tour à tour et laissa tomber :

— Ce n'est pas vrai !

— Qu'est-ce qui n'est pas vrai ?

— Ce n'est pas vrai ! répéta-t-elle, obstinée.

— Vous n'avez pas vu Mme Pontreau jeter Jean Nalliers par la fenêtre ?

— Ce n'est pas vrai !

— Alors pourquoi avez-vous dit à tout le

village que, si vous vouliez des dizaines de milliers de francs, vous les auriez ?

— Parce que !

— Parce que quoi ?

— Rien !

Noirhomme esquissa une œillade et, familier, haussa les épaules.

— Est-ce que vous affirmez que vous n'avez rien vu ?

Elle fit oui de la tête, sèchement.

— Est-ce que vous déposez sous serment que vous n'avez rien dit à Noirhomme ?

Elle répéta d'un geste.

— Vous ne craignez pas d'être poursuivie pour faux témoignage ?

Elle contempla la cellule, autour d'elle, comme pour se rendre un compte exact de ce qu'elle risquait.

— Non, dit-elle.

Il n'y avait rien à tirer d'elle. Le juge se leva.

— Quant à vous, dit-il, tourné vers Gérard, vous maintenez vos déclarations ?

— Je répète que je n'ai rien vu et que seules les paroles de la mère Naquet m'ont fait supposer qu'il y avait quelque chose.

— Supposer ?

— Bien entendu ! Je ne suis sûr de rien, puisque je n'étais pas là.

— Vous croyez que vous n'avez pas essayé de vous payer ma tête ?

— Oh ! monsieur le juge !

170

— Venez, vous !

Et la Naquet suivit le magistrat.

— Il faut que vous passiez à mon cabinet pour signer vos déclarations.

Elle marchait plus fièrement que jamais à côté de lui.

— Avouez quand même, entre nous, que vous avez raconté des histoires à ce garçon.

Elle ne desserra pas les dents et le regarda avec ironie. Le juge dicta à son greffier une courte déclaration qui résumait l'interrogatoire et tendit la plume à la mère Naquet, qui signa.

— Vous pouvez aller.

— Pardon ! Le gendarme a promis de payer mon autobus.

M. Gonnet prit de la monnaie dans sa poche, la lui tendit et grogna en se levant :

— Maintenant, filez !

Il ne restait rien, absolument rien contre les Pontreau. Il était évident que la Naquet ne parlerait pas, que, pour une raison ou pour une autre, elle s'était butée. De traces matérielles, il n'était pas question d'en chercher. De nouveaux fermiers avaient pris possession de la Pré-aux-Bœufs et avaient remis à neuf tous les bâtiments.

M. Gonnet appela au téléphone le capitaine de gendarmerie.

— Allô ! Vous n'avez pas de nouvelles de la jeune fille ?

On perdait la trace du couple à Bordeaux. Mais dans cette ville ils pouvaient vivre pendant des mois sans être découverts. Un seul détail donnait de l'espoir : on savait qu'Albert Leloir n'avait que quatre cents francs sur lui au moment du départ. On avait même vérifié ses comptes à la banque, pour s'assurer qu'il n'avait commis aucune irrégularité.

A Nieul, Mme Naquet descendait de l'autobus et marchait lentement vers sa maison, en regardant les gens dans les yeux.

Quant au père Nalliers, le premier grog avait décidé de sa journée. Après celui-ci, il en avait commandé un second. Puis le nouveau fermier de la Pré-aux-Bœufs, qui était un homme de Charron, était passé avec un cheval qu'il menait au maréchal.

Nalliers l'avait appelé.

— Venez boire quelque chose ! C'est comme qui dirait la tournée de mon fils, puisque c'est vous qui l'avez remplacé là-bas...

La jument restait tête basse dans les brancards, comprenant peut-être qu'elle ne partirait pas de la journée. La tempête avait cessé. Le ciel était plus clair. Les gens partaient à la côte pour réparer les dégâts causés aux bouchots et des femmes passaient en culottes de toile bleue, bouffant au-dessus des genoux.

— Une supposition que je rencontre la mère Pontreau. Je lui dirais comme ça...

Louis avait entamé une nouvelle ardoise.

— ... car c'est avec mes sous qu'elles vivent ! C'est avec mes sous qu'elles font les fières !

Son interlocuteur ne savait comment s'en aller et il fut remplacé par l'adjoint au maire qui eut le malheur d'entrer à l'auberge au moment où le vieux Nalliers cherchait un nouvel auditeur.

Louis ne s'était pas trompé. Cela dura jusqu'au soir, mais, cette fois, Nalliers voulut à toute force repartir, car il y avait le lendemain la foire à Aigrefeuille. Ceux qui le regardaient s'en aller n'étaient pas très tranquilles. Bien que la nuit ne fût pas tout à fait tombée, Louis alluma les lanternes de la carriole, par crainte que le vieux oubliât de le faire.

— Pourvu qu'il arrive ! soupira l'adjoint.

— Il arrivera. C'est un dur à cuire. Si son fils avait été comme lui...

On rentra dans la salle bien chauffée et on parla des dégâts aux bouchots et d'une pétition à adresser au ministère pour obtenir des subsides exceptionnels. Le docteur arrêta sa petite auto devant la pompe à essence, passa sa tête par l'entrebâillement de la porte.

— Dix litres, Louis !

Le père Nalliers cheminait sur la route départementale que la jument connaissait aussi bien que lui. Quand la nuit tomba, il eut l'idée de s'arrêter, descendit de son siège et grogna :

— Quel est le cochon qui a allumé mes lanternes en plein jour ?

Il eut quelque peine à grimper sur le marchepied, mais ensuite il arriva chez lui sans même s'être aperçu de la longueur du voyage.

Ce fut son deuxième souvenir de ce genre : une première fois, au mariage de son beau-frère, il n'avait pas dessoûlé pendant deux jours. Mais, cette fois-là, on buvait gratuitement et il préféra, désormais, ne pas penser à ce qu'il avait laissé d'argent chez Louis.

Vième et Albert Leloir n'étaient pas à Bordeaux, où ils n'avaient passé que deux heures, mais à Lyon, où nul ne pensait à les chercher. On y pensait si peu que Leloir avait donné son vrai nom au Mont-de-Piété, en engageant sa montre.

Vième avait de la fièvre. Depuis qu'ils étaient à l'*Hôtel des Saints-Pères,* elle restait couchée, les joues brûlantes, les mains moites, tandis qu'Albert courait la ville. Il n'osait pas se présenter dans les banques, car il savait qu'elles se renseigneraient aussitôt à La Rochelle. Il lisait les petites annonces et se précipitait aux adresses données.

Il avait choisi une chambre à deux lits. Le soir, il les séparait par des chaises et il installait des vêtements sur les dossiers, de façon à former une amorce de rideau.

— Tu dors, Vième ?

— Non.

— A quoi penses-tu ?

— A rien.

— Tu as confiance ?

Elle ne pleurait pas. Elle ne désespérait pas. Mais elle avait été tellement secouée qu'elle avait besoin de se remettre.

Le lendemain, à midi, il revint triomphant, avec au moins dix francs de jambon et cinq francs de gâteaux, sans compter une bouteille de vin bouché.

— Devine !

— Tu as trouvé une place.

— Oui. Mais quelle place ?

— Je ne sais pas, moi. Dans une banque ?

Elle s'était levée et elle avait mis un peu d'ordre dans la chambre. Elle avait même lavé son linge dans la cuvette et mis à sécher sur l'appui de fenêtre.

— Une place de directeur ! s'écria-t-il en contenant difficilement son orgueil.

— Directeur de quoi ?

— Directeur d'un comptoir, au Gabon ! Nous partons dans un mois. J'ai signé le contrat et on m'a versé cinq mille francs pour mon équipement.

Elle le regarda rêveusement.

— Tu me prends avec toi ?

— Parbleu ! Seulement, il y a quelque chose. La compagnie paie mon voyage et le tien, à une seule condition... Il faut que nous soyons mariés...

— Comment faire ? dit-elle.

— On pourrait peut-être écrire à ta mère ?

Les yeux de Viève s'agrandirent et elle resta longtemps à réfléchir, ou à rêver, puis soupira à nouveau :

— Comment faire ?

Et lui, après avoir retiré son faux col, comme s'il eût déjà été son mari, d'étaler les victuailles sur la table.

— Mangeons toujours !

11

Le patron de la *Pergola* surveillait les déjeuners, les mains derrière le dos, sur la terrasse du premier étage. La mer était verte. Le soleil tombait d'aplomb sur le vélum orange. C'était dimanche. C'était l'été.

Ce qui lui fit remarquer les gens de la seconde table, ce fut le geste machinal de la jeune femme qui ouvrit son sac, y prit une boîte en carton et, après avoir tendu un comprimé blanc à son mari et à ses deux enfants, emplit à moitié les verres d'eau.

Ils étaient arrivés dans une petite auto découverte qu'ils avaient garée sous les tamaris. Avant d'entrer, ils avaient étudié le menu affiché sur le perron et la femme avait dit :

— Tiens ! C'est augmenté.

Or, il y avait six ans au moins que les prix étaient les mêmes. Les enfants étaient un garçon de huit ou neuf ans et une petite fille de quatre ans.

— Vous lui donnez déjà de la quinine ? prononça le patron qui s'était approché.

— Vingt centigrammes.

— Vous venez de l'A.O.F.

— De Port-Gentil.

Le mari et la femme avaient échangé un regard furtif. Quant au patron de la *Pergola*, il fouillait en vain dans sa mémoire.

— Moi, j'ai quinze ans de Maroc, déclarat-il.

Il y renonça. Le visage de la jeune femme lui rappelait quelque chose, mais il était incapable de préciser. Toute la famille mangeait, en l'écoutant poliment, mais sans lui donner la réplique, et il s'éloigna après avoir demandé :

— Vous ne manquez de rien ? Les soles sont à point ?

Albert Leloir, qui était si maigre à dix-neuf ans, avait maintenant une tendance à l'embonpoint, tandis que Viève restait à peu près la même, mais plus sereine. Elle prit un mouchoir dans son sac pour essuyer le nez de sa fille et dit à son fils :

— Mange proprement, Louis !

— C'est là que tu te baignais, man ? questionna-t-il en désignant la petite crique de sable fin, en face de la *Pergola*.

— Oui. Il n'y a pas d'autre plage à La Rochelle.

— C'est moins bien qu'à Port-Gentil, affirma le gamin, dont c'étaient seulement les deuxièmes vacances en Europe.

A part le prix du déjeuner, il n'y avait rien de changé à la *Pergola*. Comme toujours, on avait servi des palourdes, des petites huîtres du pays, des soles, avec du vin blanc un peu rêche de l'île de Ré.

Quand la famille descendit et traversa la salle du rez-de-chaussée, Viève jeta un regard furtif à l'estrade où les instruments du jazz étaient rangés.

— Où allons-nous, Albert ?

Ils marchaient tous les quatre vers la voiture. Les enfants se tenaient par la main. Le garçon déclarait avec l'assurance de son âge :

— Il n'y a pas de serpents en Europe !

Et Leloir murmurait assez bas :

— Nous passerons là-bas sans nous arrêter.

Ils avaient acheté leur voiture d'occasion pour les trois mois de leur congé en France. Albert tenait le volant et avait son fils à côté de lui, cependant que Viève s'installait sur la banquette avec sa fille.

— Pas trop vite !

178

Il faisait chaud. Les promeneurs du dimanche n'avaient pas encore envahi le parc où des cygnes glissaient sur l'étang. A Fétilly, l'auto prit la route que les deux vélos, jadis, suivaient chaque soir dans l'obscurité. A gauche, une grande maison était en construction.

— Nous allons voir grand-maman ? demanda le gamin qui restait rarement deux minutes sans parler.

— Tu verras sa maison.

— Elle est toujours fâchée ?

Il ne savait pas au juste pourquoi elle était fâchée, mais il l'avait entendu dire par ses parents et, pour lui, cette grand-mère inconnue était un personnage mystérieux et redoutable. On roulait doucement. Viève ne voyait que la route et le dos de son mari.

— Je peux enlever mon béret ? questionna encore le gamin qui, en Afrique, était habitué à ne pas quitter son casque.

Ses cheveux roussâtres furent aussitôt brouillés par le vent et sa sœur déclara :

— Moi aussi !

On atteignit le premier tournant de Nieul, puis le premier mur blanc, la première maison. On aperçut l'auberge de Louis qui venait d'être repeinte en bleu clair. Des jeunes filles endimanchées attendaient l'autobus et regardèrent vaguement l'auto qui s'engageait sur le chemin de la mer.

— Tu ne crois pas ? commença Viève en se penchant vers le dos de son mari.

Elle était prise de panique, tout d'un coup. Elle avait presque envie de faire demi-tour.

— Si je vois quelqu'un, je passerai vite. Je ne reconnais pas notre petit coin.

— Quel petit coin, papa ?

Mais Viève l'avait reconnu, cet angle où ils restaient debout dans la pluie, bouche à bouche, avant de se séparer ! Quant à la maison, elle n'avait rien de changé. Les volets étaient ouverts. Les rideaux étaient bien blancs et le seuil de pierre avait dû être lavé à la brosse le matin même.

— C'est ici qu'habite grand-maman ?

Les gosses essayaient de voir à l'intérieur des pièces, mais par contraste avec le soleil répandu en nappe sur le chemin, la maison était obscure.

— Va jusqu'à la mer, Albert.

Le chemin traversait des champs puis s'arrêtait devant les galets de la côte. Le garçon était déjà à terre. Leloir descendit à son tour, tandis que Viève restait immobile.

— Qu'est-ce que tu penses ?

— Je ne sais pas.

— Tu es triste ?

— Je ne sais pas, répéta-t-elle.

Et c'était vrai. Cela ne lui avait pas fait l'effet qu'elle avait prévu. Elle était troublée, mal à l'aise, comme gênée, alors qu'elle avait

180

craint une crise de larmes, une émotion puissante qui la soulèverait tout entière.

— Allez jouer, les enfants !

— On peut enlever ses souliers ?

— Non ! N'allez pas à l'eau après avoir mangé.

Combien la lettre que Viève avait écrite à sa mère, du Gabon où elle avait suivi Leloir avant de se marier, lui semblait maintenant étrangère !

Je t'en supplie, maman, pardonne-moi et donne ton consentement à mon mariage. Sinon, je te jure que j'en mourrai. Mais surtout, pardonne-moi ! Je pense à vous tous les jours. Je vous aime toujours, toi et mes sœurs, cependant cela a été plus fort que moi... Si tu savais comme j'ai souffert...

Au courrier suivant, deux mois après, elle avait reçu une feuille de papier timbré qui constituait le consentement de sa mère. De celle-ci, il n'y avait qu'une signature, sous les phrases dactylographiées et les cachets : *Veuve Pontreau.*

Pas un mot ! Pas un bout de lettre !

— Nous rentrons à Royan ce soir ? proposa Leloir en regardant l'heure à sa montre.

— Où irait-on ?

Il valait mieux partir tout de suite. Les

181

enfants jetaient des galets dans l'eau et se salissaient.

— En voiture, vite ! cria leur père.

Ils entendaient la cloche des vêpres. Alors qu'ils étaient à cent mètres de la maison grise, Viève se pencha et serra si fort l'épaule de son mari qu'il faillit donner un coup de volant à droite.

— Arrête ! haleta-t-elle.

La porte s'était ouverte et deux femmes descendaient les marches du perron tandis qu'une troisième tournait la clef dans la serrure. La troisième, c'était Mme Pontreau, toute droite, vêtue de noir, les cheveux blancs. Elle tenait son missel à la main et elle eut bientôt rejoint Hermine qui portait un tailleur gris et qui était devenue aussi rigide que sa mère.

A côté d'elles, la mère Naquet, avec son parapluie et ses souliers trop grands, avait l'air de sortir d'un conte de fées.

On devinait qu'elles étaient habituées à marcher ainsi toutes les trois. Elles n'éprouvaient pas le besoin de parler. Elles se dirigeaient vers la place et vers l'église.

— C'est grand-maman ? fit le gamin.

— Tais-toi !

Les trois femmes étaient à cent mètres de l'auto et ce fut Hermine qui se retourna, peut-être intriguée. Mais sa mère, sans remuer la tête, lui dit quelque chose. Vève comprit sans entendre :

— Regarde devant toi !

Elle sourit malgré elle, d'un sourire à peine triste. Elle avait remarqué qu'Hermine, qui avait maintenant quarante ans, avait des cheveux gris aux tempes.

— Que faisons-nous ? questionna son mari.

— Attendons qu'elles soient à l'église. Ce que je ne comprends pas, c'est comment la mère Naquet...

Elle aurait bien voulu entrer dans la maison, moins pour voir que pour en respirer l'odeur grave et fruitée. A Port-Gentil aussi, leur maison avait une odeur, mais ce n'était pas la même et d'ailleurs Vève la connaissait à peine.

— Tu habitais ici quand tu étais petite, man ?

La route était déserte. Les trois femmes disparaissaient au dernier tournant. Personne ne se retournait sur leur passage, pas même les clients de Louis, ni les jeunes filles qui attendaient toujours l'autobus.

On les voyait toujours ensemble, Mme Pontreau et la Naquet en noir, Hermine dans son tailleur gris qu'elle avait adopté comme un uniforme. On ne leur parlait pas. On ne s'occupait pas d'elles. Les jeunes savaient que ce n'étaient pas des femmes comme les autres, et

183

c'était tout. Et ceux qui avaient assisté à l'enterrement de Nalliers ne savaient plus au juste si oui ou non on avait découvert quelque chose.

Quant à la Naquet, elle avait sonné, un beau jour, à la maison grise, après être venue dix fois jusqu'au seuil et s'en être allée. On l'avait fait entrer dans le salon.

— Asseyez-vous, avait dit Mme Pontreau.

Alors, l'autre avait grommelé entre ses dents, parce qu'elle avait besoin de se donner du courage :

— Oui, je m'assiérai ! J'ai aussi bien le droit de m'asseoir que n'importe qui !

— Je vous écoute.

La Naquet regardait par terre et on ne pouvait toujours pas savoir si elle parlait pour elle-même ou pour son interlocutrice.

— Ils sont tous après moi dans le village et vous savez bien pourquoi. Ce n'est pas juste qu'il y en ait une qui supporte tous les ennuis et l'autre pas ! Je veux venir faire le ménage ici, non pas une fois de temps en temps, mais tous les jours, et y manger, et y dormir. Et je veux être considérée.

Elle leva vers Mme Pontreau un regard suppliant. Car il n'y avait plus d'autre solution. Elle avait peur, partout où elle allait, et elle avait peur chez elle, le soir, dans son lit.

— Je suppose que vous viendriez au pair ? s'informa Mme Pontreau.

— Qu'est-ce que c'est, au pair ?

— Sans salaire. Vous seriez de la maison.

Il y avait six ans maintenant qu'elle était de la maison, ou plutôt qu'elle était incrustée dans la maison, noire et agitée, parlant toute seule du matin au soir.

— Les deux autres, c'étaient des tantes ? demanda le gamin, comme l'auto se remettait en marche.

— Des tantes, oui.

C'était inutile de donner des explications. Viève aurait aimé aller au cimetière, sur la tombe de Gilberte, mais elle craignait d'être reconnue. Parmi les jeunes filles qui attendaient, il y avait la fille du boulanger qui était devenue énorme et qui portait un chapeau bleu clair à fleurs rouges.

— On peut aller ? demanda Leloir, le pied sur l'accélérateur.

— Va ! Prends les tournants doucement.

Les enfants se retournèrent pour voir encore le village où vivait la grand-mère avec qui on était brouillé. Viève, elle, ne bougea pas. Elle regardait la route sur laquelle se dessinait le dos de son mari.

Elles n'étaient pas plus de dix femmes aux vêpres, chacune à son prie-Dieu. Mme Pontreau ne s'agenouillait jamais, mais restait toute droite, comme les hommes qui assistent à la messe du fond de l'église et qui sortent pendant le sermon.

185

Les vêpres dites, le village était plus vide, car la jeunesse était partie à La Rochelle, ou encore à L'Houmeau où c'était la fête. Les maisons dessinaient des ombres sur le sol clair. Les ombres des trois femmes précédaient celles-ci sur le chemin de la mer.

— Tiens-toi droite, Hermine.

Car Hermine avait une tendance à engraisser et depuis lors elle arrondissait les épaules. Pourtant son visage était aussi incolore, plus peut-être que par le passé. Il n'exprimait rien, sinon une passivité infinie.

— Vous avez pris le pain, madame Naquet ?

On le prenait au passage à la boulangerie, dont la porte restait toujours ouverte. Au lieu de répondre, la mère Naquet parla toute seule. Elle dut dire quelque chose dans le genre de :

— ... Bien sûr que c'est toujours moi qui dois le porter !...

Car depuis longtemps elle n'adressait plus directement la parole à Mme Pontreau, ni à qui que ce soit. Elle marchait à gauche d'Hermine, Mme Pontreau à droite, si bien que la jeune fille en gris semblait prisonnière des deux femmes en noir.

La porte de la maison fut ouverte. On vit les carreaux bien lavés du corridor, la table de la salle à manger déjà dressée pour le goûter.

— Hermine, tu as encore laissé traîner ton tricot. Si quelqu'un s'asseyait sur cette chaise ?

Qui donc s'y fût assis ? Chacune avait sa chaise. Et jamais âme qui vive ne pénétrait dans la maison !

On mangea des tartines de confiture en buvant du café. Mme Pontreau ferma à demi les persiennes car les rayons du soleil couchant pénétraient dans la pièce.

— Tu peux aller changer de robe, Hermine.

L'horloge marquait les minutes, les heures, les jours d'une existence quiète et monotone.

Des poules s'obstinent à rester dans l'ombre chaude du nid alors que leurs œufs sont éclos. Certaines même couvent encore de leurs ailes un poulet devenu aussi gros qu'elles.

— Combien de points mets-tu pour l'emmanchure ?

— Quatre-vingt-deux.

— Ce sera trop étroit.

Les persiennes laissaient pénétrer de fines raies de soleil. Une petite auto roulait entre La Rochelle et Royan, dans la poussière d'un dimanche d'été, et un gamin demandait à son père :

— On est fâché avec la tante Hermine aussi ?

— Ne parle pas à ton père quand il conduit,

intervint Viève en se penchant. Mets ton béret, car il y a du vent.

— Moi aussi ? fit, à côté d'elle, la voix de la petite fille.

Composition réalisée par JOUVE

Imprimé en France sur Presse Offset par

BRODARD & TAUPIN

GROUPE CPI

La Flèche (Sarthe).
N° d'imprimeur : 27826 – Dépôt légal Éditeur : 55302-01/2005
Édition 01
LIBRAIRIE GÉNÉRALE FRANÇAISE – 31, rue de Fleurus – 75278 Paris cedex 06.
ISBN : 2 - 253 - 14307 - 3